U0894667

# 黑色印记

[法]黛博拉·海薇-贝尔特拉 著
孔潜 译

江苏凤凰文艺出版社
JIANGSU PHOENIX LITERATURE AND ART PUBLISHING, LTD

**图书在版编目（CIP）数据**

黑色印记 / (法) 黛博拉·海薇–贝尔特拉著；孔潜译. — 南京：江苏凤凰文艺出版社，2020.1

ISBN 978–7–5594–4233–8

Ⅰ. ①黑… Ⅱ. ①黛… ②孔… Ⅲ. ①长篇小说–法国–现代 Ⅳ. ①I565.45

中国版本图书馆CIP数据核字（2019）第264687号

**江苏省版权局著作权合同登记：图字10–2019–433号**



书　　名　黑色印记

著　　者　［法］黛博拉·海薇－贝尔特拉
译　　者　孔　潜
责任编辑　孙金荣
策划编辑　勾勾儿
特约编辑　孙　琳
出版统筹　孙小野
责任校对　孔智敏
版权支持　王新博
封面设计　金牍文化·车球
出版发行　江苏凤凰文艺出版社
出版社地址　南京市中央路165号，邮编：210009
出版社网址　http://www.jswenyi.com
印　　刷　三河市金元印装有限公司
开　　本　880毫米×1230毫米　1/32
印　　张　7
字　　数　100千字
版　　次　2020年1月第1版　2020年1月第1次印刷
标准书号　ISBN 978–7–5594–4233–8
定　　价　39.00元

（江苏凤凰文艺版图书凡印刷、装订错误可随时向承印厂调换）

# 序

我们是记忆的生灵，由自身及前人的记忆编织而成。《黑色印记》讲述了一位年轻的女考古学家埃莱娜追寻她的舅爷爷丹尼尔神秘的过往，发现他曾是一个“被隐藏的孩子”。何谓“被隐藏的孩子”？对于法国读者，其中含义不言自明，因为他们在学校里学过纳粹占领时期的法国历史。而面对中国读者，我可能有必要交代一下这段黑暗时期的来龙去脉。

占领始于 1940 年 6 月，法国投降，希特勒的纳粹德国占领了北方的半壁国土。北部（占领区）与南部（自由区）之间的边界称为“分界线”。德国统治下的新体制建立起来，服务于纳粹的种族主义意识形态。反犹太法案纷纷出台：禁止犹太人出入公共场所（公园、电影院、游泳池等），禁止从事某些行业，禁止开店（正是丹尼尔父母所经历的）。自 6 岁起，犹太人必须在衣服上缝上黄星。

然而，灭顶之灾转眼即至。希特勒计划征服整个欧洲，并消灭全欧洲的犹太人。法国警察充当了此项计划的帮凶。1942 年 7 月 16 日，发生了著名的“冬赛馆事件”：13000 多名在巴黎的犹太人，包括 4000 名儿童，遭到逮捕，并被押送至冬季自行车赛馆。接着又发生了另外几起逮捕事件。犹太人被关进中转营，规模最大的是位于巴黎北部的德朗西中转营。货运列车将他们从中转营送往集中营或灭绝营，尤其是波兰的奥斯维辛集中营，在那里，他们要么被杀身亡，要么被迫劳动，最终死于饥饿和衰竭。

为了免遭被捕的厄运，法国的一些犹太家庭踏上了逃亡之路，在偷运者的帮助下，秘密穿越分界线，千方百计抵达自由区。然而，自 1942 年 11 月起，法国南部也落入德国之手。无法逃往国外的犹太人尽力躲藏。他们中有些人被邻居告发，但也有部分法国人甘冒风险，违抗命令，伸出援助之手。特别是孩子，成了团结互助的“抵抗运动”营救的对象，抵抗者构建起一张巨大的秘密网，将他们藏在农庄、寄宿学校和修道院，直到 1944 年德国战败，法国解放，在此之前他们不得不一直使用假名（犹太姓氏很容易辨识）。“被隐藏的孩子”指的正是他们。

1940—1945 年，全欧洲近 600 万犹太人遭纳粹杀害。在这场被称为“犹太人大屠杀”的浩劫中，犹太人并非唯一的受害者，吉卜赛人、同性恋者和残疾人也遭到了迫害与杀戮。

“二战”前，法国有 34 万犹太人，其中 76000 人被押往集中营，仅 2500 人生还，死亡人数众多。然而相比德军占领的其他国家，法国犹太人的死亡率低得多：波兰 90% 的犹太人遭到杀害，荷兰 71% 的犹太人被害（《安妮日记》的作者安妮·弗兰克也在其中）。在法国，尽管纳粹的恐怖主义甚嚣尘上，但因为一部分公民英勇抗命，3/4 的犹太人、6/7 的犹太儿童幸免于难。此后，这些冒着生命危险救助陌生人的公民，被称为“国际义人”。我写这部小说，首先就是想向这群人致敬。奥弗涅[1]地区的农民罗什一家收养了小丹尼尔，他们就是这样的平民英雄和义人。我深入挖掘了他们与丹尼尔之间建立情感联结的方式。人究竟能否组建没有血缘关系的家庭？

我写这部小说也想致敬那些“被隐藏的孩子”。主人公丹尼尔·罗什纯属虚构，但灵感源自贝娅特和塞尔日·克拉斯菲尔德[2]具有历史意义的记录。同许多孩子一样，丹尼尔在战争末期得知自己是家中唯一的幸存者。长大以后，他成了一名成功的作家，是冒险小说《黑色印记》丛书的作者。

在该系列小说的23册书中，主人公每次都会出现在不同的

---

[1] 法国中部的一个大区，已于2016年1月1日，与罗讷－阿尔卑斯大区等合并为奥弗涅－罗讷－阿尔卑斯大区。（本书所有注释均为译者所加。——编者注）

[2] 塞尔日·克拉斯菲尔德（1935— ），犹太人，出生于罗马尼亚的法国活动家和纳粹追捕者。1963年，他与出生于德国的法国记者贝娅特结婚。这对夫妇合作追查逃亡在全球各地的德国纳粹分子，将他们送上法庭，两人也成为著名的人权律师。

国家，拯救那里的孩子。这是我写作时萦绕在心中的另一个念头：犹太人大屠杀铭刻在世界历史中，与之等同的还有许多其他的种族大屠杀。《黑色印记》丛书列举了海地、南非和西伯利亚等地儿童悲惨的童年，而每一个故事都折射出丹尼尔的影子。他最好的朋友，他的“兄弟”萨迪·阿尔法·马内是塞内加尔黑奴贸易中一名受害者的后裔。童年遭遇暴力和精神创伤的例子在这些地方比比皆是。

最终，埃莱娜是否弄清了谁是真正的丹尼尔·阿彻？谁又是她自己？我想让读者去发现。在此，我只透露一点，她在舅爷爷的书里找到了开启往昔的钥匙。丹尼尔无法讲述自身的故事，转而把亲身经历搬到小说里，用虚构进行艺术加工。他在《黑色印记》中创造了一个充满历险的世界，献给年轻读者。写作不止抚慰伤痛的心灵，还能超越痛苦，并将其转换成创作的能力。

黛博拉·海薇－贝尔特拉

献给杰罗姆、埃米尔、伊莱娜和乔治

“说到底，皮特，是什么让你热爱冒险？”

“我不知道……”

他望着大海和堆积的云朵。他一辈子漂洋过海，穿行于各个大陆，偶尔也想放下旅行箱。一片冰冷的浪花抽打在脸颊上。他用舌头舔了舔嘴唇，答案就在于此：是盐的味道。

——H.R. 桑德斯《直布罗陀的呼唤》

这孩子若是安心在家过日子，应该能获得幸福，可他要是执意出去闯荡，肯定会成为世间有史以来最不幸的人。

——丹尼尔 · 笛福《鲁滨孙漂流记》

# CONTENTS 目 录

## 第一部

## 1999年9月—12月

## 第二部

## 1999年12月—2000年4月

第三部

## 2000年4月—7月

# 第一部

# 1999年9月—12月

# ✖ 公园历险

每当埃莱娜回想起那个秋天，她在巴黎的第一个秋天，眼前立刻浮现出的是同邻居小男孩约拿在卢森堡公园漫步的场景。约拿有一套习惯，近乎仪式。只要他们一穿过铁栅栏，他便跑到空空的门卫岗亭里躲起来，关上矮矮的门，刚好露出头顶。他在里面待上片刻，假装有头狮子在附近转悠。埃莱娜装作担心的样子寻他，他随即冒出来，发出胜利的欢笑。她坐在沙坑边的长椅上看他挖沙子，他时不时跑来，把捡到的硬币交给她，要她拿在手里。他沿着小径捡拾光滑油亮的马栗子，把自己的口袋塞得满满的，然后是埃莱娜的口袋。待到马栗子全捡完，约拿便用枯叶给他妈妈做几个花束，把公园里泥土和雨水的气息捎回家。

纪尧姆常伴他们左右。埃莱娜和他刚认识不久。在奥尔良历史学院度过漫长的三年之后，埃莱娜终于进了考古学院，和纪尧姆成了同班同学。打一开始，她就注意到他高高的个头，听课时，她坐在他身后两三排，有时目光落在他的后颈，看到他低低的发际线。他们本不该交上朋友。埃莱娜 20 岁，希望自己显得成熟些，她把头发盘成髻，穿高跟鞋，嘴唇涂得猩红。纪尧姆比她大两岁，却热衷于一切能唤起童年记忆的东西。在卢森堡公园散步时，他常出钱让约拿玩旋转木马，因为喜欢看着他骑。孩子挥舞着棍子，朝他们做手势，纪尧姆冲他喊："圆环！抓住圆环！"他恨不得自己也变成 4 岁，可以骑在大象背上旅行。他从小卖部买来明胶做的鳄鱼软糖，自己能吃掉大半。他给约拿讲在缅甸丛林或亚马孙雨林里迷路的冒险家的故事，教他模仿双引擎飞机故障后发出的声音，他讲得入神，约拿听得入迷。

10 月中旬，有一回散步，纪尧姆第一次提起《黑色印记》。当时他们正在果园的小径上，坐着圈椅，脚搁在椅子上，约拿在另一把椅子上把收藏的矿石一溜儿摆开，小心翼翼地清点。那天，纪尧姆想起了自己童年时代的各种藏品，邮票、鸟羽毛、穿孔的石子、樱桃核儿、连环画（《丁丁历险记》《唐吉与拉韦杜尔》《布莱克与莫蒂默》）及系列小说（《米歇尔》《六个伙伴》），还有他最爱的《黑色印记》。他尤其钟爱第一本，由一场坠机开始，主人公是唯一的幸存者，身负重伤。约拿丢下清点工作跑来听故事，埃莱娜站起身，在金属圈椅上坐得太久，后背和屁股疼。

她走了几步，稍远处，隔着金属网，一名园丁正在采摘苹果。巴黎市中心的苹果树上竟然结了苹果，真不可思议。她冲两个男孩喊道："你们瞧啊，有苹果。"可他们并没有在听。园丁装满篮子走了。白日将尽，埃莱娜说时候不早了，该回去了，马上要关门吹哨了。纪尧姆边走边答应约拿下次接着讲故事。埃莱娜帮约拿把矿石放进口袋，拉起他的手回家。

# ×× 阁楼上的房间

她刚搬进瓦万街一处阁楼上的小房间，紧挨着米什莱街的考古学院。父亲的舅舅让她借住在这里，他自己则住在底楼。她来了以后就没见过他，他出门旅行了。不过两人没有一点共同语言，他不在正合她意。房间低矮又逼仄，床占了靠里面的一整堵墙，幸而有一扇真正的窗户，跪在床上可以打开窗，看到院子里有一棵纤细的小树，一只蜥蜴在墙上勾勒出老人的侧影，掠过锌皮屋顶可以看见埃菲尔铁塔的尖顶。

她对巴黎有一些模模糊糊的了解，但不包括蒙帕纳斯和卢森堡公园之间的这片街区。9月底刚搬来的那段日子，趁着天气晴朗，她转悠了很长时间。整个秋天都温和得出奇，谁能料到狂风暴雨即将来袭？埃莱娜探索了一下周边，在瓦万街和布雷亚街，看看橱窗、旧书摊、中式快餐店，药品杂货商把五颜六色的桶挂在帘子下面，糖果商冲她招手。田园圣母街灰蒙蒙的灌木丛里，有一尊德雷福斯上尉的雕塑，脸藏在一把断裂的军刀后面。渐渐地，她越走越远。

邻居以为她是罗什先生的外甥女。“是外孙女。”她纠正道。“哦，不好意思，他看上去太年轻了，”他对家人什么都没有交代，邻居却知道他去了火地岛，10 月 24 日回来，“勇气可嘉，真是个奇人。”她觉得他们谈论的似乎是另一个人。这个女邻居接着拜托她去幼儿园接儿子，于是埃莱娜渐渐习惯了每周两次同约拿去卢森堡公园，一直待到傍晚。

10月将近中旬的一个下午，在门廊下的信箱前，她遇到一对很老的夫妇，男人抬了抬羊毛格子鸭舌帽，露出头顶的一片褐色老年斑，他跟她握了手：“您就是那位考古学家吧？欢迎来我们家里做客，丹尼尔肯定跟您说起过我们，科莱特和吉姆·佩尔勒瓦德。”但她对这个姓毫无印象。他妻子亲吻了她，重复了一遍“埃莱娜，大名鼎鼎的埃莱娜”，她的声音听起来像年轻女人，但说话不利索，发髻松了，一绺长长的白发像没有系紧的吊索一般垂落。夫妇二人满心喜悦，他们刚刚在信箱里发现一张从乌斯怀亚[1]寄来的明信片，巴塔哥尼亚的绝美山景照，丹尼尔从没有忘记他们，每次旅行都会给他们寄一张。埃莱娜打开信箱，里面是空的，她从未收到过舅爷爷的明信片，据她所知，家里其他人也没有收到过。

丹尼尔一年中总有一段时间在世界各地旅行，因此在罗什家族聚会上很少见到他，难得几次到场，也总是迟到，他头发乱糟糟的，永远穿着那件磨损的、皱巴巴的米色派克大衣，衬衣领子的一角从里面露出来。在埃莱娜小时候，这件派克大衣曾令她着

[1] 阿根廷火地省的首府。

迷，衣服上有无数大大小小的口袋，外面有，里面也有，一直延伸到袖子上。

在家族聚餐的宴席上，丹尼尔总是坐在孩子那桌，远离大人。孩子们要他讲故事，他便开始讲那些奇幻的历险故事，一边滴溜溜转着眼珠，一边模仿各种嗓音、口音、动物叫声，绘声绘色地描述离奇的情景，用一连串的双关语，突然哈哈大笑，让人莫名其妙。棍子面包的面包头掰成两半，就成了在奥里诺科河[1]混浊的河水里追捕他的凯门鳄的嘴，为了逃命，他站起来自由泳；或是在冬天的泰加森林[2]，灯笼熄灭了，他被嗥叫的狼群团团围住。丹尼尔把刀叉竖起来，在餐巾下抖动，像暴风雨中的帐篷桩。孩子们的父母想让他闭嘴，“看你把他们吓成什么样了”，可他充耳不闻，“继续，继续”，直到孩子们不再要求。埃莱娜的弟弟放声大笑，但她知道，当天晚上她会听到他说梦话，每次皆是如此。

---

[1]南美洲的主要河流之一。

[2]西伯利亚的泰加森林，泛指西伯利亚北部山区的森林，特别是云杉和冷杉一类的针叶林。

进餐结束，祖父会用餐刀敲敲玻璃杯，让大家安静，然后用洪亮的嗓音说一段话，接着大家唱起歌。孩子们离开餐桌，丹尼尔独自待着，沉默不语，一动不动，目光迷离，时不时摸摸左胸的衬衣口袋。他任何时候都穿着口袋上有纽扣的衬衣，并且左边的口袋总是扣起来，里面放着一个香烟盒大小的东西，隔着布料猜不出是什么。

在门廊下告别了拿着巴塔哥尼亚明信片的佩尔勒瓦德夫妇，埃莱娜爬上六楼的房间，松开发髻，脱下让她扭伤脚踝的高跟鞋，赤脚站在六边形地砖上，快乐地感受那份凉意。她很快适应了这个房间，虽然狭窄，但能掠过巴黎的屋顶看风景，她尤其看重的是，在这儿她想吃什么就吃什么，想什么时候吃就什么时候吃。夜晚，她躺在床上，脚搁在窗台上，身边放一袋无花果，读从学校图书馆借来的书。

在最初的日子，房间里唯一让她不舒服的是墙上一幅带框的油画的复制品，一名穿白裙、身后有支烛台的少女的肖像。在这张可能比原作小一些的黑白照片上，画面看上去阴森可怖，少女身体扭曲，双目圆睁，手指紧紧按住膝盖。更糟的是，每到傍晚，映照在窗玻璃上的夕阳点燃了那袭白裙，少女在火焰中扭动身躯。画框钉在墙上，无法取下。几天以后，她忍无可忍，用透明胶在画上贴了一张从杂志上撕下来的从空中俯瞰大地的照片，之后便再也没想起这幅画。

## ××× 巨幅地图

10月初，考古学院已经开课了。起初，埃莱娜深信其他学生比她懂得多得多，因为他们年长，并且有三年考古经历，而她只参加过一次实习，是前一年夏天在图卢兹的司法城，在地铁下面的预防性发掘工地，那里发现了一座儿童墓地。她听同学提起各种神秘的名字，都不知道那指的究竟是人还是遗址，便以为自己的实习不足挂齿，打算一辈子当个新手。可当她谈起那次实习，却奇怪地发现她仅有的这些经历便足以让同学佩服得五体投地。埃莱娜明白了，对初出茅庐的考古见习生而言，参与发掘一座古代大墓，尤其是儿童墓地，其意义相当于外科临床实习对于医学生，如同某种入门仪式，能让你学到堪比之后多次实习总和的知识。

因此，包括纪尧姆在内的一个学生的小圈子接纳了她。他们第一次共进午餐那天，天气依然晴朗，他们就在考古学院对面的天文台花园里野餐，学校菱形格子的红砖外墙活像巨人的毛衣。六个人在草坪上，有的像用餐的古罗马人那样躺着，有的像古埃及抄写员那样盘腿而坐，所有人都在谈论各自的计划。他们已经选定了专业，埃及学、拉丁古文字学、加洛林王朝的雕塑、中世纪教堂，埃莱娜一言不发地听着。

等到用餐结束，他们一站起身，情况就不同了。两个女孩用书本和一个揉皱的纸团打起了乒乓。纪尧姆用塑料叉子在沙坑里挖来挖去，每挖出一截枯枝或一个啤酒瓶盖，就夸张地扮鬼脸，惹得旁人大笑。埃莱娜跟着他们一起笑，但并不觉得有趣。

过了两天，她去学校图书馆用功，准备一份报告。她借了一本全张尺寸的旧地图册，展开来有半张床那么大，没办法看到地图的上面部分，除非躺在书上。坐在后边一张桌子旁的人起身走了过来，她认出是纪尧姆。他弯下腰对她说：“知道吗？后面有张专门的台子，可以放这种尺寸的书，旧尺寸的。”不等她回答，他就把地图拿过去了。接着，她干活儿的时候，他也不走，站着看地图，手指沿着一条河缓缓地移动：“这些巨幅地图是一部部冒险小说，只要像爱丽丝一样变小，就能进入其中，在纸上漫游。”埃莱娜回答说，她可不想那样，而且这些大西洋会让她晕船。她注意到纪尧姆笑的时候，把头往后一仰，这个动作使他的喉结突了出来。走之前，他还闻了闻地图的纸张：“我喜欢这个气味，像藏红花。”她摇摇头：“瞧你说的，旧书的臭味而已。”即便后来，当她对纪尧姆有了更多了解，她依然在想，他是如何把他所接触的一切转变成游戏的。

## ××××　丹尼尔舅爷爷

埃莱娜很快厌倦了舅爷爷的故事，厌倦了家族聚餐时他在孩子面前没完没了的表演。他的历险千篇一律，无非是暴风雨、凶猛的野兽、狡诈的无赖，总在灾难降临之前的那一刻以同样的方式起死回生，力挽狂澜。他总是扮演最狡猾的角色，屡屡获胜。10 岁或 11 岁的时候，她要求坐到大人那桌去。从那里，她还能看到丹尼尔舅爷爷，但听不见他说话了，仿佛有人关掉了声音，他的动作因此而显得更加荒诞不经。她看着他一边在房间里走来走去，一边做出不连贯的哑剧动作，像在演无声电影。祖父把他当夏洛[1]看待，而她恰恰觉得丹尼尔拥有卓别林那样的滑稽天赋。

埃莱娜总觉得在家族里，舅爷爷与众不同，不光因为他的卷发和蓝眼睛。祖母谈到他的时候，从不说“我弟弟”，可她说起波勒姑奶奶，总会说“我妹妹”。罗什家眷恋故土，一直定居在奥弗涅山区，虽然有些人，例如埃莱娜的父亲，离得稍远一些。而丹尼尔，他可待不住，没完没了地旅行。他是家里唯一没结婚的人，但埃莱娜曾听见母亲说，这么不修边幅真可惜，他长得一点也不丑。然而更重要的是，罗什家的人都有一份正经职业，饲养员、助产士、小学教师，可丹尼尔选择的谋生手段实在古怪，他根据自己的旅行见闻写冒险小说。他以 H.R. 桑德斯的笔名，写了《黑色印记》系列，大获成功，至今仍受欢迎，被译成多国语言，改编成电视剧和电影。每本书的封底都写着“扣人心弦的历险，主人公追求正义和真理，在最荒芜偏远之地，忍受严寒酷暑，历经艰险，开辟自己的道路”。

[1] 卓别林塑造的喜剧人物。

埃莱娜搬到巴黎来的时候，《黑色印记》系列已经出到第23本了，可是在罗什家人眼中，23本书还不足以让丹尼尔成为体面人。虽然他以笔为生，过得舒舒服服，可是在他们看来，写小说顶多算消遣、业余爱好，祖父尤为不屑，称之为“小孩子淘气”。他也许还会这么说考古学。那年2月，就在埃莱娜20岁生日之前，他去世了。很久以后，埃莱娜还在想，要是祖父还活着，她敢不敢热衷于这项印第安纳·琼斯[1]式的寻宝游戏。

作为她10岁、她弟弟8岁的生日礼物，丹尼尔舅爷爷给他们寄了《黑色印记》的前四本，包在同一个包裹里。之后每一两年，新书出版的时候，他依然寄来，每回都是同样的题词，“致埃莱娜和安托万，丹尼尔·H.R.全部的友爱”。红色、灰色的精装本渐渐占满了安托万房间里的书架。他如饥似渴地阅读，身为作者的外孙，他很骄傲，并且觉得自己无论在学校还是别的地方都肩

[1] 美国电影《印第安纳·琼斯》(又称《夺宝奇兵》)的主角，一个四处冒险的考古学家。

负着某种责任。他把题词展示给同学看，他们一起站在椅子上或藏身于客厅的长沙发后面，重新演绎惊心动魄的场景，轮流扮演马丘比丘[1]废墟或婆罗洲丛林里的皮特·阿什利－米尔及其敌人和盟友。

丹尼尔大约一年两次来他们在奥尔良的家，给孩子们带来他上一次旅行的纪念品。在门厅脱下米色派克大衣之前，他面带小丑的表情，在众多口袋里翻找，故意在最后两个衣兜才找到给他们的礼物。给安托万的东西每次都不同——眼镜蛇蜕下来的皮、猴面包树的种子、埃及的莎草纸，给埃莱娜的则永远是古怪的小石头，她不知道拿它们做什么。父亲把她的收藏品放进玻璃柜，并贴上标签——巴西东陵石、埃塞俄比亚天河石、孟买钙沸石、马达加斯加黄色碧玉。父亲对她说，这些石头很贵重，以后你就明白了，可她觉得弟弟的礼物有趣多了。

餐桌上，丹尼尔几乎只跟安托万说话，安托万问了他一些问

[1]位于秘鲁的前哥伦布时期印加帝国的遗迹。

题，是关于阿什利－米尔最近几次冒险，提到某个特定的细节，埃莱娜深信，他写这些故事是为了弟弟，而她则无足轻重。一有机会，她就离开餐厅，生怕他猜到她对《黑色印记》不感兴趣，什么都不想知道。但其实她已经开始看第一本《亚马孙河的摆渡人》，她努力在茂密的亚马孙雨林中跟随受伤的主人公，但还是没等看完第一章便放弃了。她试着说服自己，这些故事是男孩子看的，或许她害怕再听一遍丹尼尔在家族聚会上可能“测试”过的故事。不过更重要的是，她觉得自己已经过了沉迷于历险故事的年纪。

说实话，每次丹尼尔来奥尔良，都跟在节日聚餐时候不太一样。表兄弟都不在，只有两个孩子，观众少了，他自吹自擂也少了。此外，他讲述的冒险故事不再是亲身经历，而属于主人公皮特·阿什利－米尔。埃莱娜的父母与其他人不同，尤其和祖父不一样，对他的态度宽容一些。有时，他一边说话，一边摸摸胸前的口袋，手指触到里面香烟盒大小的东西的边缘，像是要确认它一直在。言谈中，他也会突然蹦出一些怪异难懂的词，就像湍流中的石子，埃莱娜在家族聚会上从来没听过这些词，只在奥尔良的家里才听到。他从不费神翻译，埃莱娜猜想，那是他旅行时从遥远的国度带回来的异国语言的碎片。

# ××××× 卡里诺阿人的愤怒

和埃莱娜去卢森堡公园散步时，约拿的最后一项仪式总在回家途中完成。他不直接回四楼自己家，而是到三楼按门铃，佩尔勒瓦德夫人用悦耳的嗓音迎接他，他朝壁橱跑去，里面有些旧玩具。他特别喜爱一架小小的照相机，Ricordo di Napoli[1]，拿着它不仅能欣赏意大利风光，还可以扮演照相师。佩尔勒瓦德夫人坐在长沙发上，拉拉裙子盖住膝盖，摆好姿势。那个10月里的一天，她朝埃莱娜转过身，说起照片，她想给埃莱娜看一样东西，但之

[1]意大利语，意为“那不勒斯旅游纪念品”。

前每次都忘记。她带她到卧室，帝政风格[1]的床上方有一张结婚照镶在桃心形状的木镜框里，照片上有15—20个人。“你瞧，那时候我的头发乌黑乌黑的，透过揭起的头纱也看得见，我的吉姆站得笔挺，他真是个英俊的男人。”他们1941年结的婚，再过两年就60年了，想象一下吧。第一排，四个小男孩盘腿席地而坐，其中三个头发梳得整整齐齐，第四个却不像参加婚礼的着装，穿着条纹针织背心，褐色的鬈发落在前额。老太太瘦削的手颤抖着抚摸相框边缘，一遍又一遍看那些人的脸，尤其是吉姆的脸，似乎在寻找什么，可就在这时，约拿把自己弄疼了，她们赶去安慰他。

下起了雨，学生们不能去天文台花园的草坪上吃午餐。相比其他人，埃莱娜住得离学校近些，于是她建议他们上她家避雨。一进房间，她就后悔邀请了他们，他们不过六个人，却仿佛有20个之多，要不就是墙壁相互靠近了。他们把四处都占了，床上、椅

[1] 法兰西第一帝国（1804—1814）时期的家具风格，床身通常为船形，称为“贡多拉式床”或“船形床”。

子上，纪尧姆坐在地上，胳膊环抱着屈起的长腿，像具印加木乃伊。

每回都一样，他们谈论考古学，直到吃完三明治，然后又变回一群顽童。他们分散在房间各个角落，有的翻书，有的乱动铅笔和各种小玩意儿——塞了稻草的山雀标本、头骨形状的烟灰缸、模仿肥皂泡的彩虹色玻璃珠，它们是埃莱娜从父母家带来的，或是对旧物心血来潮时从旧货店淘来的。一方面，他们对她微不足道的宝藏感兴趣，满足了她的虚荣心；可是另一方面，看到他们随意摆弄这些脆弱的物件，她心中不安。

两个女孩把胳膊支在窗台上抽烟，她们对风景赞叹不已，吸引了其他人过来。很快，他们都跪在床上，挤成一团看埃菲尔铁塔，只有纪尧姆继续在房间里搜索，透明胶粘在画框玻璃上的那页杂志激起了他的好奇心，埃莱娜把杂志撕下来，他差点叫起来："我认得这幅画，这是苏丁[1]的《烛台少女》。"他在一本小说里读到过关于这幅画的描写，但从未见过。窗边的那些人转过身来，一个

[1] 苏丁（Chaïm Soutine，1894—1943），犹太裔画家，对巴黎的表现主义绘画思潮有很大贡献。

男孩说："是的，我想起来了，是在《黑色印记》里，讲黎巴嫩战争的一本书。"他忘了书名，纪尧姆却记得："是《牛奶、蜂蜜和火药》，'皮特·阿什利－米尔看到这幅肖像挂在一面墙上，这是一座遭到轰炸的房子里唯一屹立不倒的墙，他认出了苏丁的画风，他儿时曾见过这位画家'。这是整套小说中唯一提及皮特童年的一段文字。"

房间里的谈话渐渐多了起来，你一言我一语，交织在一起。他们都读过好几本《黑色印记》，有人甚至读了全套，他们回忆起每一本书的内容，想起是谁给他们的书，还有喜爱过的人物，如《孟买的幽禁者》中攀爬摩天大楼的乞丐小女孩，《赫努塔奈布的圣甲虫》里救了妹妹的年轻的开罗拾荒者，或是在井底发现兵马俑的中国农妇，当然，尤其是主人公皮特，一个孤独的冒险家。皮特漫不经心，老干蠢事，却总能识破各类陷阱，拯救世界各地不幸的人，从未失手。那名拉丁文碑铭学专业的学生，甚至曾用马克笔将他画在手臂上。

埃莱娜一言不发，所有这些名字，伊莰米、阿雅姆、米由，让她想起弟弟儿时的那双眼睛，她惊讶地听着这群老大不小的学生谈论这些人物，仿佛前一天刚刚读过。他们对这系列第一本书《亚马孙河的摆渡人》看法不一致。纪尧姆觉得卡里诺阿人的愤怒毫无道理，他们救了皮特，老酋长于莫罗称其为“我的儿子”，可是突然，不知为何，他们把他绑在独木舟上，划着船横渡亚马孙河，以死作为威胁，逼他永远不再回来。大家寻求解释，有人认为这群印第安人料到一个白人会背叛他们，此举是想保护他们的领地，可是纪尧姆拒绝承认皮特是叛徒。他们在埃莱娜的房间里大声喧哗，为了让他们闭嘴，她告诉他们，她的舅爷爷是小说的作者，但是她的声音淹没在一片嘈杂中，没人听见她的话。

那天晚上，她在信箱里发现了一张从乌斯怀亚寄来的巴塔哥尼亚明信片，群山映衬着矮矮的房子，上面还贴了一枚漂亮的邮票。她认出舅爷爷的笔迹，正是在《黑色印记》系列小说上题词的笔迹，倾斜的字母彼此紧紧相连，似乎害怕迷路。“亲爱的埃莱娜，希望你在瓦万街住得愉快。这边棒极了，改天我会告诉你，不过只有当你坚持要我讲的时候……怀着我全部的友爱。丹尼尔 · H.R.。”

## ×××××× 杂物间

10月24日，埃莱娜到巴黎刚好一个月，丹尼尔舅爷爷旅行回来了，正如邻居说过的那样。那天晚上，她倚着窗户抽烟，看见他穿过几近昏暗的院子，走进车库，背着一个看上去很沉的大垃圾袋。从楼上望去，他显得更加矮小，头顶的一块头发稀疏，背比上次见面时又略微驼了一些。他没想到有人在观察他，步态不像平常那样敏捷、跳跃，反而看上去很疲惫，步履沉重。

很长一段时间，埃莱娜都不知道丹尼尔的年龄。她知道他是罗什家三个孩子中最小的，跟他的姐姐们不同，家族相册里找不到他婴幼儿时的照片，对此她从不感到惊讶。他首次亮相是在一张圣－费雷奥尔男子学校的照片上，头发剪得短短的，穿着小学生罩衫和木鞋，在一群小学生中间。他的生活始于这张照片。

年龄大些之后，她终于还是问了父亲，家里人为什么没带婴儿时的丹尼尔去照相师那里，给他像他的姐姐们那样照张相。父亲摸了摸脸："没带他去照相是因为他没有出生在这个家里，他是战争期间被送到圣－费雷奥尔的孤儿，罗什家收留了他，后来又领养了他。"对那时的她而言，战争和孤儿两个词正好凑成一双，属于天经地义的事，父母死于战争，不必想象具体是怎样发生的，她跳过缺失的情节，正如小时候读《小象巴巴的故事》时跳过妈妈去世那一页。

有了这一发现，就可以解释为什么她总觉得丹尼尔在这个家里像个陌生人。或许也是因为这个原因，他仍然表现得像个孩子，似乎在来到罗什家的那一天便停止了长大，永远停留在10岁。而埃莱娜问问题已经11岁了，觉得自己比他更成熟。可她还是觉得奇怪，他居然忘了亲生父母，闭口不谈他们，为了试验，她在脑子里擦去父母的面庞，可她越努力，父母的容貌越是清晰地出现在眼前。

后来，她从祖父那里得知，他原先叫丹尼尔·阿彻，以色列人，发“S”音时带点摩擦。除了这些只言片语，无论丹尼尔还是家里其他人都从不提起他的来历，她预感到不能提任何问题，生怕用一把莫名的刀捅到一处莫名的伤口。丹尼尔从前的生活、他的父母亲和兄弟姐妹——如果他曾有过的话，对这一切她一无所知，也不想知道。正如祖父所说，那段历史不属于家庭的记忆，不关他们的事。

丹尼尔回来的第二天，她从学校回来，发现房门底下塞了一张字条——“昨天我从火地岛回来，给你带了一件小纪念品。这几天你想来就来吧，除了早上，因为可怕的‘食差’。”他用同音字又来了这么句愚蠢的双关语。她不喜欢他到自己的房间这儿来，为了避免他再来，她决定明天就去他家。

丹尼尔的公寓在底楼，在门廊下有独立的入口。埃莱娜用狮子头的门环敲了很久，他才打开门。童年时她只来过一次，八九岁的时候。他家看上去像一座迷人的博物馆，摆满了从遥远的国度带回来的东西，她简直无法想象有些东西怎么会出现在这里。记得房间里有一只青色犄角的犀牛头骨，一些印加时期的陶土小雕像，三张龇牙咧嘴的非洲面具，客厅壁炉上有一只用稻草填充的短吻鳄，地上有一张老虎皮，镶着玻璃眼珠，嘴巴里露出亮锃锃的牙齿，还有一颗希瓦罗族印第安人做的干制首级[1]，它有长长的黑发和精心缝制的嘴唇，曾把她和弟弟迷得晕头转向。

如今，公寓里的东西更多了，不过老虎皮掉了毛，犀牛头骨蒙了层灰，壁炉上的短吻鳄活像只胖蜥蜴。儿时的她没有发觉脏乱之处，可现在这地方像个幽暗凄凉的杂物间，充斥着书籍、纸张、地球仪和对折的地图。

丹尼尔在衬衣外面披了件斗篷，热情洋溢地拥抱了她："你又长高了。"她如今比他个头高了。"来，我给你煮杯咖啡，现在

[1] 亦称缩头术，是南美洲亚马孙盆地地区原住民的一种风俗，他们将在决斗或战争中砍下来的人头当作战利品，对其进行一系列的特殊处理以便保存。有时候也作为祭祀用品在祭祀中使用，或作为商品出售。

是咖啡时间。”她并不太想喝，但还是跟随他进了厨房，看到洗碗池里堆满了没洗的盘子。“不好意思，我还没时间洗碗。”可这些碗碟明显是他出发之前就已经在那儿了。他把咖啡壶放到炉子上加热，洗了两只不成套的杯子。他回来之后同样没时间买糖，他表示下次会准备妥当，或者干脆选个星期天请她下馆子。她心想，他要是忘了更好。

走向客厅的时候，她从走廊看到一个细节，当年注意过，后来又忘了。那就是床边平放着一只棕色大皮箱，沉极了，她和弟弟两个人也抬不起来，他们曾想打开皮箱，但父母亲把他们叫回了客厅，“不可以进别人的卧室”。她记得自己曾经想象丹尼尔拎着这个沉重的行李箱，弓着背走在世界各地的路上。

客厅里，书架满满当当，一本书都塞不进去。房间里几乎没有家具，除了一台电视机和一张宽大的书桌。桌子边沿装了台手摇削笔器，桌上堆满书籍和地图册。一张旧的米其林法国地图上用记号笔画了一条红线，地图上面摊着好几本便条簿和记事本，列出各类清单和复杂的图表，方框里写着“摆渡人”和“小木屋”。一本很大的笔记本封面上有涂改过的标题——“××的第一次”“最后一次旅行”“××的避难所”“回到船籍港”。电脑上不断出现各大星球的照片，屏幕旁边的玻璃杯里插着削得尖尖的铅笔。

丹尼尔把咖啡端到客厅，从唯一的圈椅上挪开一堆报纸，让埃莱娜坐下，自己则坐在写作的书桌后面的办公椅上。他挨着窗户，置身光线下，看上去比前一天在院子里更加疲惫。他头发白了，有些驼背，穿着斗篷的样子稍显滑稽，衣服下摆的流苏在厨房被打湿了。他静静地看着她，一言不发，目光掠过她的头发、眼睛、肩膀，使她有些不自在。这是她平生第一次单独同他相处。

他笑着问，那上边，她的“梳楼”上，有没有太大的风。他还问了她考古学院的课程，说他要是能上大学，一定会选考古，可惜他没能通过中学毕业会考，连参加都没有参加。他没有提旅行的事，最后她先开了口：“呃……火地岛，怎么样？”突然，仿佛触动了某种装置，他活跃起来，语速加快，讲到他的车子在荒无人烟的地方抛锚，他在布宜诺斯艾利斯转机的时候被弄错了行李箱。他模仿局促不安的阿根廷航空公司职员的口吻，“lo sentimos muncho[1]”，边说边比画，永远像个滑稽的孩子。然而，就在那一刻，埃莱娜觉得他身上起了某种变化，不仅头发更加灰白，还有别的什么，或许是眼睛、目光。她没喝完没加糖的咖啡，实在太苦了。

埃莱娜离开时，他们一起走到门口，丹尼尔从衣钩上取下派克大衣，从口袋里拿出一个用半透明的包装纸裹着的小东西：“给你的，小纪念品。”那显然是一块矿石，血红色纹状肌理，是火地岛的玛瑙。接着，最后一刻，他喃喃道：“你知道吗？你让我想起我姐姐。”说完他飞快地关上了门。常常有人对埃莱娜说，她长得像她祖母苏珊娜，尤其是眼睛，杏仁一般。她知道，苏珊娜是丹尼尔最爱的姐姐。

[1]西班牙语，意为“抱歉”。

# ×××××××× 披荆斩棘

事实上，她放弃阅读《亚马孙河的摆渡人》并非出于厌倦。从前读过的三章，有十几页，让埃莱娜透不过气来，仿佛在重负之下窒息。故事从一场空难开始，一架飞越亚马孙雨林的双引擎飞机发生故障，坠毁在树丛里。飞行员和两名摄影师身亡，皮特·阿什利－米尔是唯一的幸存者。尽管手臂和胸口有两处很深的伤口，他仍然有力气挥舞斧头，在藤蔓和巨树间披荆斩棘，开辟出一条道路。前途未卜，不知道会遇上什么人，也不知道他们会如何对待自己，他饿着肚子，弓着背，忍痛前行，扯破的衬衫下靠近心脏的地方有个化脓的伤口，有时他会用手捂住。饿得头晕眼花的时候，他就挖树根。鹦鹉大叫着嘲弄他："你就快完蛋了，皮特，你要完蛋了。"但他仍坚持着，下定决心无论如何也要走下去，有朝一日向别人讲述同伴们的悲惨结局。然而，他终是体力耗尽，被疼痛和高烧击倒，昏了过去。一条巨蟒从树枝上滑落，慢慢缠住了他的身体。

她只读到这里，但在整个青少年时期都被这个故事纠缠，时常梦见自己行走在危机四伏的丛林里，在树干和藤蔓间开辟道路，徒劳地挖开泥土寻找树根。

10月底阴雨绵绵，学生们离开天文台花园，撤到约瑟夫－巴拉街拐角的学院咖啡馆。课间，他们待在宽敞的后厅，下午那里通常没什么人。有一天，其他人都走了，只剩下埃莱娜和纪尧姆。他努力喝尽杯底最后几滴咖啡，而她看着他把咖啡勺送到嘴边。就在这时，她向他承认："知道吗？H.R.桑德斯，他是我舅爷爷。"他久久打量着她，目光掠过她的脸庞、头发和夹克衫领子，似乎在搜寻证据，找出她跟皮特·阿什利－米尔的相像之处。"我还以为桑德斯是美国人。”说到美国人，他张开双臂，好像在拥抱广袤的美国西部。“我发誓是真的。”埃莱娜认真道。纪尧姆不理解为什么第一次谈到《黑色印记》的时候她不说。

接着，他像约拿那样要她讲讲。“他什么样？”从来没有人要她描述舅爷爷，当然她可以避而不谈他的怪脾气和歪斜的衣领，但是为了美化他的形象，就得借用邻居形容他的词，比如胆大、英勇、不知疲倦，可她觉得自己做不到。她仅仅指出：“H.R. 桑德斯是笔名，他的真名叫丹尼尔·罗什。”纪尧姆重复着“丹尼尔·罗什”几个字，她猜他失望了，这个名字太平庸了，太像宅在家里的人。

她不得不交代更多细节，比如他跟她住同一幢楼，在瓦万街，他把顶楼房间借给了她。纪尧姆搁下咖啡勺，手插进头发里。终于，他信了她的话，她是 H.R. 桑德斯的外孙女，他怀着感动甚至崇敬的心情望着她，问能否把自己的《黑色印记》带到她家里去，请她帮忙让作家签个名，或者，他的声音低了下去，他能否见见他。她迟疑着，这是两个不可调和的世界，而且丹尼尔·罗什那副样子，矮小瘦弱，头发蓬乱，手舞足蹈，会比他的真名更惹纪尧姆厌烦。她回答，他出门旅行了，可纪尧姆已经隔着桌子凑过来吻了她的鬓角，以示感谢，仿佛她是为羞怯的情人牵线搭桥的红娘。

## ××××××××× 《黑色印记》

纪尧姆趁着诸圣瞻礼节[1]从父母家带回了23本《黑色印记》，又用运动包装着放到埃莱娜家里。他第一次独自来到她家，透过窗户，看见灰色波浪一般的屋顶泛着雨水的光芒，如同隔着舷窗眺望大海，仿佛能听见海鸥的叫声。埃莱娜指给他看，底楼，朝向院子的那排窗户，H.R.桑德斯就住在里面。

包里装的正是和她弟弟书架上同样的书，封面鲜艳，只是书角卷起来了，或书页用透明胶重新粘过，这副样子倒是让人少一

[1] 诸圣瞻礼节在每年11月1日，是基督教纪念所有圣徒的节日，也是法国的法定假日，大家会利用诸圣瞻礼节假期与家人团聚，并且到逝去的亲人墓前祭扫。

些畏惧。纪尧姆手里拿着最旧、损坏最严重的那本，封面上印着被绑在独木舟上的皮特，身前身后还有两个印第安人在亚马孙河上划桨，穿行于湍流和凯门鳄之间。“为什么卡里诺阿人突然驱逐皮特？你同作者这么熟悉，一定知道其中的缘故。”她不想对他承认只读过小说的前几页，生怕他收回此刻深情款款的眼神。她回答：“忘记什么原因了，时间太久了，也许他做了一桩蠢事，违背了他们的道德或信仰。”但纪尧姆不同意这个说法。趁书在她家的这段日子，她会重读一遍，然后再把整套书交给丹尼尔。

她迟迟没有把纪尧姆介绍给舅爷爷，心想至少等她读完《亚马孙河的摆渡人》，可是包一直放在房间角落里，没有被打开过。最终他们偶然遇见了，她并不在场。11 月中旬的一天下午，她从卢森堡公园散步回来，陪约拿上楼，纪尧姆在门廊下等她。她下楼的时候，他已经不在了，地下室的门开着，传来说话声。通往地窖的楼梯很昏暗，电灯开关坏了，她扶着墙往前走。纪尧姆在下边，在长长的、昏暗的走廊尽头，同门房阿尔梅达太太和丹尼尔在一起。丹尼尔用手电筒照着电表，他们在谈论保险丝和断路器。她从未到过地下室，这个地方看上去比房子本身更古老，拱形天花板、泥地，散发着地下的霉味。故障情况复杂，得叫电工，埃莱娜走下来没一会儿，他们开始跟着丹尼尔上楼梯，丹尼尔走在前面照明。有一刻，手电筒的光束扫过一条侧面通道，墙是用水泥砖砌成的，可当埃莱娜走上前细瞧，丹尼尔突然把手电筒换了方向，置身于黑暗之中的她急忙追赶其他人。

当她再次来到门廊下，丹尼尔正同纪尧姆说话，纪尧姆朝他侧过身子，大声笑着，看他们的样子，还以为是旧相识。他们肯定在谈论《黑色印记》，纪尧姆说出“仰慕者”“激动人心”“如痴如狂”之类夸张的字眼。他回忆起少年时去一家马赛的书店，H.R. 桑德斯要在那里签售，可惜白等了一场，活动取消了。“真的很抱歉，当时我赶着出发去旅行。”丹尼尔说。纪尧姆去埃莱娜的房间取书，他飞快地跑上又跑下，气喘吁吁，看到他巨大的运动包，丹尼尔笑了起来。纪尧姆兴奋地说：“全套书都在，整整 23 本，全都破旧不堪，我读了好多遍，都能背下来了。”丹尼尔打开包，拿了几册，看着开裂的书脊、斑斑点点的污渍、撕裂的书页，他笑道："这是所有作家的梦想。"他邀请他们月末最后一个星期六过来喝咖啡，然后朝埃莱娜眨眨眼："别担心，我买了糖。"纪尧姆毕恭毕敬地告辞，称丹尼尔为桑德斯先生，埃莱娜差点要纠正他，可是丹尼尔兴高采烈，久久地握着纪尧姆的手："再见，我亲爱的、十分亲爱的读者，下次再见。"

他们又上楼回到房间，放过包的角落突然显得格外空荡。他们分吃一包饼干，纪尧姆把饼干送到嘴里之前弄碎了好几块，他的手在微微颤抖，他仍在为和《黑色印记》的作者见面激动不已。"埃莱娜，你运气真好。"他巴不得有这么个舅爷爷。她点点头说："我得向你承认一件事，你发誓不会因此讨厌我。"他把手按在胸口："我发誓。"听到她说自己从未读完过桑德斯的小说，看《亚马孙河的摆渡人》从未超过第三章。纪尧姆一口吞下半块饼干："你开玩笑吧？告诉我你在开玩笑。"她摇摇头，笑得眼泪都出来了。

她真的一无所知，甚至不知道这套书为什么叫《黑色印记》，也许是死亡威胁，就像在海盗的故事里。“恰恰相反，我来给你解释一下，印记是一种护身符，是巫师文身，它既能抵御危险，又能方便旅行。每本书里，到了最危急的关头，印记会提醒皮特，使他与死神擦肩而过，是它救了他的命，并且赋予他力量，继续同厄运和世界的不公作战。它在第一本的第四章才出现。”他讲述给她听。

他们面对面坐在地上，她靠着床，他挨着书桌，摊开双手，就像捧着书，开始背诵前几句:“非常糟糕的征兆。飞行员很肯定，引擎声音不正常，飞机在下降……”埃莱娜打断纪尧姆，示意他可以跳过前三章，从她之前停下的地方开始，也就是陷入昏迷的皮特即将被蟒蛇缠绕窒息的那一刻。

“一支箭穿透了蛇头。一个与世隔绝的部落，卡里诺阿人救了皮特的性命。他们把陷入昏迷的皮特抬到萨满巫师约米的茅屋。过了好几天，皮特苏醒的时候，约米的药已经治好了他的伤。他发现自己左前臂文了一只几何图案的大手镯，跟部落的其他男子一样。他慢慢恢复了体力，印第安人教他土著语，老酋长于莫罗把他当成亲生儿子。可是突然，他们沉下脸来，蒙住他的眼睛，把他绑在独木舟上，划着舟横渡像大海一样宽广的亚马孙河。于莫罗久久地立在岸边，手持弓箭，气势汹汹，好像皮特随时会跳入水中游回来。主人公继续他的旅程，来到了一座城市，得知大家以为他死了。医生们说他能痊愈简直是奇迹，一家大型医药公司资助了一场远征，寻找卡里诺阿人以及他们的神药。皮特出于对人类的爱，答应做他们的向导，可是这群人傲慢无礼，于是他改变主意，即将到达目的地时，他离开了船队，前去通知印第安人。靠近村子的时候，正当他回忆起他们语言中有关友情的词，一支箭擦过他的脖子，射入了他的背包。”

纪尧姆抬眼，想看看悬念在埃莱娜脸上制造出怎样的表情。但她站起身，不想再听下去了。

## ×××××××××× 一块肥皂

星期六，她看到丹尼尔在家门口与布雷亚街的药品杂货商聊天。自从他回来，她常在附近遇见他，他从来不是独自一人，有时在杂货铺喝薄荷茶，有时跟花店老板在橱窗前共饮一瓶日本啤酒，有时跟流浪汉在咖啡馆露天座吃午饭。他似乎认识所有人，对商贩以“你”相称[1]，拍着他们的肩膀，同他们开玩笑。他差不多总是话最多的那个，讲述的多半是最近一次旅行。在她看来，他总是手舞足蹈，让自己显得滑稽可笑。她尽量不让他看到自己，

[1]法语中，以“你”相称有表示亲近之意，而不熟悉的人之间一般以“您”相称。

但不是次次都成功。

那天她没能躲过，他把她介绍给药品杂货商：“我的老朋友，路易。”“你是想说‘认识了很长时间的朋友’，我可不比你老，别忘了咱们是小学同学。”路易是个大块头，头发掉得差不多了，看上去比丹尼尔年长许多，过了一会儿她才明白，他并没有开玩笑，他所说的小学是丹尼尔小时候，到圣－费雷奥尔之前的童年时代上过的学校。药品杂货商接着说：“那时候，小丹尼尔可是个讨厌鬼，女老师罚他抄写、课后留校，都不管用。”丹尼尔反驳道：“根本不是那样，你搞错了，老伙计，调皮捣蛋、无法无天的人是你。”可是路易滔滔不绝：“那时，我父母经营着药品杂货店，你母亲经常打发你来这儿买东西，你总是从德朗布尔街过来买马赛肥皂，事后你常对她说你把找回的零钱弄丢了。”

听到这里，埃莱娜想起有一天，丹尼尔背着她父母偷偷塞给她一枚 10 法郎硬币，然后把手指搁在嘴唇上，当时她大概 8 岁。她把硬币像赃物一样藏在口袋深处，既喜出望外又怀有罪恶感，后来她忘记了，牛仔裤洗了，硬币也不见了。

丹尼尔边笑边咳：“我可怜的路易，你的记忆力不行啦，不是德朗布尔街，那时我住在敖德萨街。”“啊，没错，确实是敖德萨街，不过那枚硬币，你还是没有还回去。”丹尼尔垂着眼睛，自言自语地重复着“敖德萨街”。路易没有听见，继续说：“德朗布尔街你还记得吧？当年有一群风尘女子，现在她们都走了，附近的店铺都没生意了！”他放声大笑起来，丹尼尔神色尴尬。

走向十字路口的时候，埃莱娜在脑海中想象，一个小男孩，跟约拿差不多大，她看着他横穿蒙帕纳斯大街，从她身边经过，手里拿着一大块肥皂。敖德萨街，她依稀记得这条街在哪儿，在火车站旁边。敖德萨，一个难忘的名字。然而关于这条街本身，她没有任何记忆。

××××××××××× 桑德斯的书房

一星期后，周六下午，他们去丹尼尔家喝咖啡。纪尧姆等待约定时间到来时，像孩子一般在房间里转悠。公寓的门半敞着。“来吧，你们可以进来。”他们看到丹尼尔在客厅里下棋。“向你们介绍我的朋友萨迪·阿尔法·马内，也可以称呼他为普罗斯珀。”他灰色的头发在窗前勾勒出云朵的形状。埃莱娜抱歉搅了他们的棋局，说过会儿再来，可是丹尼尔和他的朋友坚持让他们留下，反正普罗斯珀要走了，他们习惯了下半盘棋。客人从上衣口袋里掏出两张名片递给他们——“马内先生，伟大的非洲伊斯兰教隐士，解除您爱情、友情或工作上的一切困扰，让爱人回心转意，助您通过考试或拿到驾照。情书圣手。不满意则退款。敬请预约。”“年轻人，写情书，我可是个真正的行家，文笔优美，您要是想给这位小姐写一封，我给您友情价，至于你，埃莱娜，作为丹尼尔的亲戚，咨询免费，欢迎随时到我的事务所来，金滴街36号。”“记住这个地址，”丹尼尔笑着说，“指不定什么时候用得着。”

朋友一走，丹尼尔就说，他知道普罗斯珀当过街道清洁工，抓着把手攀在垃圾装卸车后面，是柏油碎石路上真正的王者，他让人叫他普罗斯珀，像歌里唱的那样[1]。丹尼尔打着拍子哼唱起来，埃莱娜为舅爷爷感到脸红。因为总在清晨遇见，他们相互认识了，普罗斯珀摘下脏兮兮的手套，同他握手。丹尼尔提议两人一块儿翻垃圾堆，他们有了不少美妙的发现。“什么样的发现？”纪尧姆追问，不过丹尼尔似乎没有听到这个问题。渐渐地，他们成了朋友，彼此倾诉童年的回忆，他俩从事过各类职业，专递员、士兵、装卸工、按稿件行数计酬的记者、司机、厨师。“普罗斯

[1] 于1935年被创作出的法国歌曲《普罗斯珀》，以幽默和自得的口吻，讲述了一名叫普罗斯珀的皮条客生意兴隆的日常故事。

珀最终成了伊斯兰教隐士，也就是某种非洲心理治疗师，你们明白吧，他给出的答案总是隐藏在病人的提问之中。”

纪尧姆像参观博物馆一样在客厅里转了一圈，认出了《黑色印记》系列小说里的物品，那些非洲面具使他想起《卡萨芒斯之蜜》，印加小雕像和干制首级让他想起《马丘比丘的诅咒》，用稻草填塞的短吻鳄让他想起《奥里诺科河上的恐惧》。整套小说中仅有两次十分简短地提到皮特的房子，他的庇护所，读者甚至不清楚它位于哪个国家，可纪尧姆却想象他家就在这里，一个过渡之所、流浪者的歇脚处、临时住所，没有什么是安定的。

喝咖啡之前，他想看看给他的题词。“致纪尧姆，热情的读者”“致纪尧姆，敏锐的读者”……每本书上都有不同的形容词，他高兴极了。接着，他在书房里东张西望，丹尼尔给他看了小说众多译本中的一部分——*Pe drumul spre Transilvania*，*Aunt Lucy's Cabin*，*L'America o la muerte*[1]。他还拿出部分珍藏，比

[1] 分别是罗马尼亚语译本《特兰西瓦尼亚之路》、英译本《露西姨妈的小屋》和西班牙语译本《美洲或死亡》。

如几期《斯皮鲁画报》，上面刊登了连环画版的《缅甸被遗忘者》。还有改编成电影和动画片的《黑色印记》，纪尧姆看过，但他觉得全都比不上小说原著。丹尼尔承认改编得令人失望，这也是许多读者的看法。为了逗他开心，丹尼尔往录像机里塞了一盒磁带，是一部日本动画片的开头部分，改编自《一捧珍珠》，没有在欧洲上映。可纪尧姆坚决不认同皮特就是那个练武术的金发少年，这是怎样的背叛。埃莱娜坐在窗边看街景，从她房间里朝向院子的窗户是看不见的。

他们喝着加了糖的咖啡，纪尧姆问《黑色印记》下一本书何时出版，丹尼尔摊开手："书正在写，春天能写完。"这次他让读者等得比平时久一些，不过这本书很特别，跟其他书都不一样，将会讲述主人公的少年时代，故事将发生在多个国家。另外，丹尼尔会筹备一场新的旅行，圣诞节前出发去毛里塔尼亚待六个星期，那是一个非凡的国度，他要去看看瓦拉塔[1]精心装饰的门，

[1] 毛里塔尼亚东南部的一座绿洲城镇。

见见哈拉廷人[1]，奴隶的后裔，他在地图上指出旅行路线。他想曝光因为达喀尔拉力赛而死在路上的孩子，他们的父母才得了几美元的赔偿。这是埃莱娜第一次听他说这样庄重严肃的话，而没有表演他的拿手好戏，似乎在纪尧姆面前，他想像阿什利－米尔那样，行侠仗义、扶弱济贫。她注意到，纪尧姆一边听一边盯着丹尼尔的左前臂，似乎希望看到从他的衬衫袖子里露出文身。

就在他们告辞之前，丹尼尔还是显出了孩子气，说起他为了去撒哈拉沙漠新买的鞋子，鞋盒上写着“Just do it”[2]。“要是我早点把这句话当座右铭就好了。”纪尧姆夸他选得好。“这是最新款的运动鞋，鞋底有气垫，”丹尼尔穿上鞋子，在客厅里走来走去，“棒极了，这样我就成了履风之子[3]。”

星期二，散步回来，约拿又停下来按佩尔勒瓦德家的门铃。

---

[1]毛里塔尼亚的一个大族群，他们是所谓的黑摩尔人，祖先可能是白摩尔人的奴隶。

[2]耐克鞋业公司的广告语。

[3]诗人兰波被称为履风之子。

科莱特出去买东西了，她丈夫开了门。约拿跑进去找小汽车，在那些垂着流苏的圈椅下面钻来钻去。吉姆在公寓里走动，没有拄手杖，他问埃莱娜是否看过她舅爷爷的照片，她不明白他的意思。“你会感兴趣的，科莱特一直想给你看，可她忘记了，她记性不好。”他进房间去找一个档案袋，里面是装照片的大信封，信封里是和她之前看过的一样的结婚照，只不过不像床头那张被太阳晒褪了色。“我的天哪，1941 年那会儿我们多年轻啊，科莱特 22 岁……瞧，第一排那个，就是他。”他指着第四个孩子，在地上盘腿而坐、穿深色背心的孩子。那正是圣 - 费雷奥尔学校集体照上睫毛长长的男孩，只不过脸圆了些，头发长了些，并且微笑着。吉姆指给她看，照片右下角有一枚印章，另一张照片上没有——“阿彻照相馆，巴黎 14 区敖德萨街 16 号”。科莱特和他不顾双方父母反对，尤其是科莱特父母的反对，坚持请阿彻先生给他们照相，并且在照片上盖了章，尽管他不得不把他的名字从招牌上去掉。阿彻同儿子一起来的，丹尼尔 9 岁，个头儿那么矮，给他父亲帮忙时一定是爬到凳子上举着闪光灯。

埃莱娜明白了，为什么科莱特给她看照片的时候她没能一下子认出丹尼尔。他还是那个圣－费雷奥尔的小学生，却又像另一个孩子，不光因为圆润的脸颊和环形鬈发，他的目光中有了不一样的内容。吉姆仍在讲述，是科莱特坚持让他一起照相，“你瞧，我岳父正赌气呢，可谁又能拒绝新娘的要求？冲洗照片还得提供相纸，当时阿彻先生已经弄不到纸了，他宁可自我安慰，这情况不会持续很久，他是个勇敢的人。他妻子也是从波兰来的，口音很重，比他重，她负责修照片，她有这个天赋，我亲眼见过她干活儿，用的是一支削得极细的铅笔，像解剖刀一样，她能把你的脸盘重新勾一遍，比整形医生干得还漂亮，她丈夫老开玩笑说她能当个赝品制造者。阿彻夫妇跟沙依姆·苏丁很熟，他年轻时在维尔纽斯也修过照片。阿彻先生去过他位于修拉别墅[1]的画室，给他的画拍照。”

吉姆·佩尔勒瓦德讲了1942年夏天他们收留丹尼尔的事。“你

[1]位于巴黎14区的一条小路，以法国画家乔治·修拉的名字命名，艺术家云集于此。

肯定知道，他在这里住了差不多三个星期，躲在这间公寓里，读了一堆小说和画报，《金银岛》《巴亚尔》[1]，等人想办法把他送往自由区，”老人把照片重新放回信封，又把信封放进档案袋，“丹尼尔太像他父亲了，每次看到他，我都不能不想起阿彻先生，真是个不幸的故事，上帝啊，真是个不幸的故事，不过我干吗同你说这些事，你一定比我更清楚。”

[1] 法国连环画杂志，1936—1962 年期间出版。

## ×××××××××××× 海盗眼皮子底下

埃莱娜请纪尧姆陪她去敖德萨街，看 H.R. 桑德斯童年住过的房子，一个人去她有点害怕，似乎兴致勃勃的纪尧姆能帮她抵御过分的紧张。这是一条普通的街道，很短，是火车站[1]周围众多巷子中的一条，有旅馆、餐厅和行色匆匆的路人。他们仿佛回到了 1940 年 6 月 18 日，从广场开始，一路寻找阿彻照相馆的遗址。可是 16 号不见了。在 14 号和 20 号之间，房屋不在一条直线上了。一幢新建的、宽敞、有茶色玻璃阳台的住宅往后缩进去。两人站

[1]此处靠近蒙帕纳斯火车站。

在楼前，东张西望，心存侥幸，希望地址错了。显然，这栋住宅占据了从前16号和18号的位置。纪尧姆大喊："开什么玩笑？有人偷走了H.R.桑德斯的房子！"不过一看到埃莱娜，他便不作声了，用胳膊环住她的肩膀，就像救生员用毯子裹住幸存者冻僵的身体。

他们沿着敖德萨街一直走到埃德加－基内大街，丹尼尔的房子是唯一被拆除的。埃莱娜心想，是不是有些店铺当年就在了，比如面包店或者皮货店。这条街死气沉沉，虽然圣诞节的装饰随处可见，但是商店的门面和橱窗丝毫没有欢乐的气氛。这儿远离敖德萨[1]，远离昔日苏联的奢华，远离黑海的阳光。

埃德加－基内大街生气勃勃，繁华喧闹，这一天是集市日，纪尧姆买了杏仁糖，把糖抛向空中，再用嘴接住，以此逗埃莱娜开心。他告诉她，要是一边走一边看蒙帕纳斯大厦的顶端，就会感觉楼要塌下来压在身上。她试着走了几步，紧紧抓着纪尧姆，

[1]乌克兰南部城市，黑海沿岸最重要的港口城市。

以免失去平衡，还撞到了路人。真是个幼稚的游戏，在大庭广众之下如此行事，她有些发窘。

这天下午，她答应约拿带他去卢森堡公园的木偶剧院看《狼和七只小山羊》，纪尧姆陪他们同去。这些木偶应该有上百年历史了，狼的黑色皮毛被虫蛀了，还蒙了层灰，使它的血盆大口看起来更吓人。当它砰砰砰猛敲小茅屋的门时，孩子们发出了第一声既恐惧又兴奋的尖叫。埃莱娜和纪尧姆坐在最后一排，她看到约拿晃着乱蓬蓬的小脑袋，和其他小孩子一起坐在最前排。狼又来了，伸出白色的爪子，孩子们叫得更响了："别，别开门！是狼！"当它一边冷笑，一边接连吞掉六只小羊羔，有几个孩子哭了起来，跑去扑进爸爸妈妈怀里，而约拿看得入迷，仍坐在位置上。埃莱娜握住了纪尧姆的手。孩子们吵吵嚷嚷，跺着脚，小剧场的地板在他们脚下震颤。

山羊妈妈在毁坏的小茅屋里为她的孩子哭泣，却不知道还有一只小羊躲在时钟里。埃莱娜转向纪尧姆，两人的嘴唇轻轻一碰。

安全出口就在身后，他们溜了出去，她犹豫了片刻："你疯了，约拿怎么办？"天已经黑了，还下着雨，他们绕过剧院，一直跑到一扇绿色的铁门前，这里通往后台的剧院商店。门半开着，他们走了进去，里面狭窄高耸，像一座塔，半明半暗中，各种布景、道具和十几具木偶错落地挂在墙上。他们就在舞台后面，从挂着布景的帷幕下方看到操纵木偶的演员的脚和他们移动的影子。舞台上的声音回荡着，比在剧场里更响。"妈妈，他的肚子在动，他们还活着！"剪刀咔嚓咔嚓剪开狼的肚子，孩子们拍手，欣喜若狂。

他们靠着一幅大海的布景，青绿色的巨浪拍碎在礁石上。他们的嘴唇慢慢靠近，纪尧姆的颈背在埃莱娜的爱抚下，线条变得柔和。一名海盗在他们头顶，瞪着他的独眼，纪尧姆抓住海盗的络腮胡，把他的头转向另一边。几米之外，小羊羔纷纷苏醒。"孩子们，把石头装进他肚子里，再缝上。"接着他们唱起歌，跳起胜利的舞蹈，埃莱娜和纪尧姆希望他们一直跳下去。两人回到剧场，观众已经散去，惊慌失措的约拿正四处寻找他们。

纪尧姆在楼下同他们告别，埃莱娜留在约拿家等他妈妈回来。当她爬上后楼梯，吃惊地发现纪尧姆环抱膝盖，坐在房间门口冲她笑。他是一名没买票的乘客，请求到她舱房里过一夜。一进房间，他就摇摇晃晃起来，大海波涛汹涌，颠簸的船体将他抛向埃莱娜的怀抱，“救命啊。”“闭嘴，别说蠢话了。”她的双唇贴在他嘴上。她已有过同男孩交往的经验，但几次短暂的情事留下的仅仅是仓促和笨拙的回忆。而现在，她的感觉完全不同。此时此刻，她心甘情愿坠入情网。

## ×××××××××××× 敖德萨小巷

从这天开始，几乎每个晚上，埃莱娜和纪尧姆都单独见面，有时他在她家过夜。他在蒙鲁日租有一间公寓，但女房东禁止留宿访客，因此总是他到瓦万街来。他在埃莱娜的房间里留了几件衣服，他不在的时候，她看到这些衣服，心里欢喜。不过他不知道，就在他们一起去敖德萨街之后的一个星期，她又去了一趟。那里应该遗留了往昔的残余、丹尼尔房子的痕迹，她需要独自前去找回。虽然纪尧姆对《黑色印记》和H.R.桑德斯非常入迷，但是他无法真正理解丹尼尔的故事。

星期六一大早她就出发了，打定主意花足够多的时间发现点什么，耐心细致，如同考古学家。她沿着街道一步一步地走着，边走边看，从地面看到屋顶，终于发现了一个细节，5号是一座大石头垒成的房子，正面挂着一块奇特的招牌，“蒸汽浴室”，招牌上方写着“敖德萨浴室”。大门既没有密码锁，也没有对讲机，她穿过门厅径直来到院子里。矗立在她面前的是一位东方君主的心血来潮之作，仿佛借助魔法迁移至此。浴室的外墙贴满了深浅不一的海蓝色瓷砖，窗户上方装点着怪面饰[1]，墙基上蓝绿色的方砖模仿涌动的波涛。现在她明白了为什么这条街以遥远而奢华的敖德萨命名。那时阿彻家是否有浴室？是否出入从前的公共浴室？她对他们的生活所知甚少，根本无法回答。

走过这些彩色瓷砖，占据16—18号位置的房屋外观呈现脏兮兮的灰色，残留着淡褐色的水痕，令她难过得想哭。很久之后，她想必也会承认，令她灰心的并非房子的样子——说到底只是一座普通的建筑——而是因为它建在丹尼尔家的废墟之上。住宅中

[1]用来装饰的怪状面具或怪状头像。

央有一道密密的栅栏微微开启。她身后有一条阴暗的长廊，类似地铁的走廊，尽头是一个通风口。低矮的天花板是薄薄的垂直钢板做的，石块铺砌的地面微微倾斜，通往一口很大的露天井，螺旋形的阳台一直延伸到地下室。环顾四周，房子都关着门，大部分窗帘拉得低低的，无人居住。她在那里寻找往昔的痕迹，可是显然所有房子都源于20世纪70年代，茶色玻璃、混凝土和不锈钢。房子中央有三棵小树，细弱的树枝伸向灰蒙蒙的天空，看上去不真实。

下面空气冰冷，比街上凉多了。背后传来的声音吓了她一跳，“小姐，有什么可以帮您的吗？”是一位又矮又瘦的老妇人，她歪戴着黑帽子，拉着购物小车，手里拿着长棍面包。望着眼前这位苍老瘦小的妇人，埃莱娜明白自己终于找到了想要的。她问老妇人是否住在这个街区，知不知道从前这里有什么。她提高嗓门又问了一遍。老妇人说：“是的，以前在画廊那儿有一条小路，一条窄窄的巷子，里头开了各类作坊，住着木器工、印刷工、锁匠，小家伙们常跑去玩耍。”跟着老妇人走上斜坡来到敖德萨街的时候，她喘了口气。面朝住宅，老妇人用长棍面包在空中比画："小路两边各有一座房子，当年 18 号是一家针织品商店，16 号有两家小店铺，左边是照相馆，右边是地毯商。"埃莱娜通过挥舞的长棍面包，清晰地看到 16 号的两家店，狭窄的铺面上用白色的字母写着"阿彻照相馆"，她问："这条小路有名字吗？""反正没有正式的路名，我们管它叫敖德萨小巷，而起点街的那条，他们称之为起点小巷。1970 年左右，为了建造大厦，附近所有的房子，连同火车站和大部分街区都被拆了，而剩下的，您可以想象，到处是噪声、瓦砾，就像被轰炸了一般，足足 15 年，我们一直生活在地狱里。"老妇人记不起照相师的名字，"好像叫阿热。""您说是阿彻吧？""有可能。"照相馆换过房东，她记不起后来的人，也忘了他们是不是有孩子。"战争期间，他们离开了，地毯商为扩大门面，盘下了店铺。他把整个门面重新粉刷成了栗色，以前是蓝色，深蓝。"她不知道为什么这些人走了。埃莱娜又问："他们是不是犹太人？""不，我不知道，"她不知情，"解放的时候，地毯商也走了。不过，您为什么想知道这些？""我是考古系的学生，对老建筑感兴趣。”听到这个回答，她扬了扬眉毛，点点头：“哦，很好，好极了。”

回到瓦万街，埃莱娜想起在奥尔良见过一处拆房工地。隔壁一栋楼的墙壁保留了整面墙纸、护墙板的痕迹、橱柜和壁炉，甚至孩子用来装饰自己房间的一些船的照片。想必敖德萨街 16 号刚刚被拆掉的某个时候，也能见到丹尼尔和他家人生活的遗迹，一小块地毯、一面镜子或一幅画的痕迹。

那晚，她独自入眠，梦见了敖德萨浴室。梦里它的样子跟她白天所见的不同，是一栋巨大的砖头房子，里面传出古怪的音乐，像音管变形的管风琴发出的气鸣声。几十个人排队等在门前，大多是孩子，他们赤裸着身子，每人手里拿着一块肥皂。弟弟也在，个头儿比她矮多了，他们努力张望房子里头的情况，可是窗户不透光，什么也看不见。在人群中，她发现有个姑娘很面熟，却想不起在哪儿见过。

这个梦使她醒来，眼睛睁得大大的。午夜时分，偶尔会有这样异常的清醒。她起身，撕掉覆盖在苏丁画上的那张从空中俯瞰大地的照片。半明半暗之中，画看上去不一样了，现在她注意到的不再是痛苦扭曲的身体，而是少女的眼睛，一双大得过分的眼睛凝视着她。

她用手轻轻触摸肖像，如同抚慰那张惊恐的脸，她的手指感到了高低不平。画框像门一样开启，露出墙里凹进去的小格子。里面有一卷发黄的纸，用希伯来语手写了几个字：

די גאַנצע וועלט איז איין שטאָט.

# 第二部

# 1999年12月—2000年4月

# × 泛舟扬子江

埃莱娜数十次从布雷亚街一家叫“甜蜜费利西”的商店门口经过，店里卖各式各样的糖果。圣诞假期之前，她和纪尧姆一起走进这家店。圣诞节他们要分开两星期，他要去南方的父母家，而她要去奥弗涅探亲。小小的商店散发着焦糖味，圣尼古拉香料面包在高高的玻璃广口瓶下整齐地排开，瓶子上贴着标签：“康代板岩糖”“维希八角糖”“波河石头糖”。纪尧姆每样都想买点尝尝，神情倦怠、面露不悦的女店主爬上凳子，取下一个个瓶子。埃莱娜对菱形水果糖有不好的回忆，她年幼时打翻过祖母的糖果盒，记得混在一起的糖果和碎瓷片，还有祖父严厉的声音：“看看你弟弟，他比你小，可是比你安静。”而父亲曾悄悄对她说——也许只对她一人说过，他也总是被人拿来跟弟弟比：“看看蒂埃里，多乖，你总是调皮捣蛋。”

纪尧姆注视着那些老式的金属盒子，“蒙塔日杏仁糖”“南锡香柠檬糖”“康布雷薄荷糖”。“讷韦尔的尼格斯糖[1]”让他想起《尼格斯的继承者们》，于是他开始说起来：“故事发生在埃塞俄比亚，有一群酗酒和从事无耻的儿童奴隶贸易的殖民者……”女店主举着手臂，站住了。“您在说《黑色印记》，”她露出了微笑，仿佛摘掉了面具，“我认识作者，知道吗？他就住在附近。”“他是我的舅爷爷。”埃莱娜说。店主差点拥抱了她，丹尼尔·罗什和女店主是老相识了，他戒烟的时候，到她这儿买过甘草棍，他们一见如故。“他在所有书上为我写了题词，‘致美丽的费利西’，这是我的别名。”她脸上泛起了红晕。她同纪尧姆交流了阅读体验，他喜欢和别具一格的人物相遇的桥段，而她更偏爱富有神秘色彩

[1] 一种焦糖巧克力糖，法国中部市镇讷韦尔的特产，是一名糖果师为欢迎埃塞俄比亚皇帝1901年访问法国而发明的。尼格斯是埃塞俄比亚皇帝的称号。

的段落，她最爱的是最后一本，第 23 本，《逃亡者花园盗窃案》。纪尧姆不太喜欢这本，这不是真正的冒险小说，接近侦探小说，他转向埃莱娜 :“故事发生在庞贝古城，而且说的是考古，你可能会喜欢。”

女店主用红绳子把一个个小袋子系好，她酷爱主人公，喜爱他的冒险家精神，喜爱他的漫不经心，还有他的文身，她亲昵地叫他皮特。纪尧姆不能理解，一个女人能在环球旅行者身上找到什么样的魅力。“永远不在场，总是在世界尽头，”她笑了，“您不会明白的，瞧，丹尼尔也是，他总在旅行，可是上帝知道他有那么多女性崇拜者，比如我，”她缓缓地把小袋子放进大袋子，“现在我可以这么说，如果只取决于我。”

埃莱娜心想，20 年前的她长什么样？如今费利西依然美丽，有尖尖的下巴、精心描画的眉，可是一想到丹尼尔跟女人有过风流韵事，她就觉得荒唐可笑，也许因为他孩子气的一面展露得太多，她从未想象过恋爱中的舅爷爷。费利西一直微笑，头低向计算器 :“据说水手每到一个港口就会有一个女人，而丹尼尔和皮特一样，他们的心被唯一的女人占据，无法真正爱上另一个。”纪尧姆问她谁是皮特的心上人，书里压根儿没有提，她笑了，在大袋子里又放了包饼干，“有趣的华夫饼，您知道的，我把它们送给您，连同上面写的字[1]，因为您喜欢阅读。”

回到家，纪尧姆把11包糖果放在书桌上，然后尝了个遍，他们把华夫饼一溜儿排开，“哪只苍蝇叮你了[2]”，“这是个秘密，什么也别说”，然后把它们吃掉，直到最后一块，“我爱你”，他们留着这块最后吃。

晚上迟些时候，他们去中式快餐店“玉莲花”用晚餐，在瓦万街坡上。店里没有别的客人，他们靠里边坐下。左边墙上有一幅风景画，陡峭的山崖和打着小阳伞的女士，映照在右边的镜子里。收音机里，有人用尖细的嗓音唱着忧伤的旋律。这个假冒的中国氛围足以让他们开始一场旅行。他们并排坐着，练习用筷子夹五香鸭，每当鸭肉从筷子间滑落，他们就笑起来。纪尧姆对

[1] 这种华夫饼上印着各种句子。

[2] 俗语，意思是你为什么无端发火。

埃莱娜讲述了《西安兵马俑》里的情节，一名年轻的农妇在井里发现了秦始皇兵马俑，无比惊讶地看到兵马俑的脸庞跟她的一模一样。

那天夜里，阁楼的房间成了航行在扬子江上的帆船。每次纪尧姆和她一起过夜，他们都侧身躺成 S 形，他用手臂环抱着她，两人紧紧贴在一起，他们心想，要永远这样在一起。

# ×× 居永奶奶拆毛衣

火车驶出里昂站，缓缓移动，铁轨交错而过，又渐渐融合。邻座的耳机里传出有节奏的打击乐，埃莱娜翻开课本，《拜占庭镶嵌画修复技巧》，可是她厌烦自己的笔记。越过塞纳河之前，邻座进入了梦乡。她从包里拿出《逃亡者花园盗窃案》，封面上皮特·阿什利－米尔行走在死气沉沉的城市里，远景是烟雾腾腾的维苏威火山。她只是想浏览一下。

“Furto stranissimo all’Orto dei fuggiaschi[1]”，当地

[1]意大利语，意为“逃亡者花园离奇盗窃案”。

报纸上的这个标题引起了皮特的注意，他正面朝着那不勒斯湾喝卡布奇诺。他住在米拉玛尔度假公寓，医生嘱咐他休息。庞贝古城刚刚发生了一桩离奇的盗窃案，几十名受害者在花园里被火山发光云[1]团团围住。两具人体石膏模型不翼而飞，一具是女人，另一具是孩子。文章提到可能是团伙作案，白天景点人来人往，夜间有人看守，而且这些石膏像体积庞大。皮特全神贯注于阅读，竟然错把糖罐当茶杯送到了嘴边，他放下报纸，沉思片刻，站起身来。他的假期要结束了。

警察拖延了案件的调查时间，皮特勘查了整个庞贝城寻找线索，浴室、市场、神秘别墅[2]。他弄到了被盗石膏模型的照片，女人趴在地上，弯曲的双臂垫在脸下，孩子蜷缩着。盗贼为何选择了这两具石膏模型？或许他

[1] 又称热云，从火山口喷出的夹有大量气体的高热岩浆细粉，呈旋涡状高速顺山坡下泻。

[2] 位于庞贝古城遗迹西北400米处一座保存完好的罗马别墅遗迹。

们想拿走石膏像里的珠宝。皮特放大了一张勘查照片，在背景中发现了一个侧影。一天晚上，他在那不勒斯考古博物馆档案大厅的地板上撒灰，用这个老办法在第二天早晨取得了脚印。

埃莱娜突然发觉邻座不在了，火车已经过了讷韦尔。她继续看书。

博物馆的留言簿上有几行用拉丁文写的留言，并署名屋大维·瓜尔迪奥[1]，这一线索把阿什利－米尔引向了著名的火山学家吉哈普·奥斯托夫，大家经常听到他带着浓重的俄国口音宣布灾难降临。盗窃案发生以后，他居住的伊斯基亚岛[2]上的邻居就再也没见过他。皮特

[1] 庞贝城中一座豪宅的主人，主人的名字得知于屋内发现的一枚青铜印章，该住宅以花园和壁画闻名。

[2] 距离那不勒斯约30公里的一座火山岛。

成功进入他的房子，搜索了每个房间。在其中一个房间，他发现一只异常沉重的旅行箱。他掀开了盖子。

火车开始减速的时候，她看完了这一章。“女士们，先生们，列车即将停靠穆兰站。”埃莱娜匆忙收拾行李下车。

到祖母家时，正赶上午饭时间，一吃完饭，她就跟平常一样去找相册，苏珊娜说：“这些照片你都烂熟于心了。”她守寡才10个月，埃莱娜原以为她仍像前一年夏天那样沉浸在悲伤之中。然而，一跨进公寓的门槛，她发现祖母简直焕发了青春，穿了一件色彩鲜艳的新羊毛套衫，用笔勾了细细的眼线。家里只有她们两个，其他人第二天才到。吃饭的时候，苏珊娜说起她的日常活动，除了一直在医院学校教课，还新增了打太极拳，她甚至在厨房里演示给她看：“打虎……云手……别笑了，我会摔的。”她还制订了一些计划，想去看看外面的世界，她一直梦想去圣劳伦斯河河口听一听鲸鱼的歌声，而莫里斯生前不喜欢旅行。埃莱娜思忖，为了让她信服，或者为了让自己信服，她是否做得太多了。在她这个年纪，还能重塑生活吗？我们可以重新洗牌或者把客厅再粉刷一遍，但是生活能否重来？

擦拭完防水桌布，埃莱娜在餐桌上摊开相册。她对家族的老照片十分熟悉，她跟弟弟小时候每次来圣－费雷奥尔度假都会看一看。当年，它们散乱地躺在五斗橱的大抽屉里。母亲去世以后，苏珊娜拿到了照片，波勒不太依恋往昔的回忆。于是，祖父把它们整理好放进塑料大相册里，用他漂亮的书法添加了标题和日期。

埃莱娜想起了那张学校集体照，丹尼尔第一次出现，她看到他跟其他男孩一样，穿着小学生罩衫和木鞋。但她记错了。在男子小学的石头房子前，在三十几个呆若木鸡的男孩中间，丹尼尔是唯一穿高帮皮鞋的。他在中间一排最边上，站得离其他人稍远些，说不清是否在微笑，他也是唯一没有看摄影师，眼睛瞟向别处的。也许正是因为这一点，她在佩尔勒瓦德夫妇的结婚照上没有认出他来。

她们两个俯身看照片，头几乎碰在一起，埃莱娜感到脸颊上有苏珊娜呼出的热气和咖啡味。她问："你没觉得他有点失魂落魄吗？""谁？丹尼尔？没有啊，为什么失魂落魄？"苏珊娜指着那件领子从罩衫里翻出来的羊毛套头衫，"我记得是深红色，是我的衣服，居永奶奶拆了线为他重新织的。"她的手指在罩衫的领圈上停留了会儿，"我第一次见到丹尼尔，他就穿着这件套头衫。"那天，她回到家，看见母亲和祖母正把它往他头上套。祖母转身去找剪刀，把缝线剪开，一张陌生的面孔冒了出来。只有母亲发现了苏珊娜："过来，这是跟你说过的避难的小朋友。"她曾经想象他是一个年纪小得多的孩子，她可以呵护的孩子，"我原以为我能扮演他妈妈，真是开玩笑，他 10 岁、我 12 岁，我太失望了，心想，我永远都习惯不了，不过后来，终于还是习惯了。"

起初，她忌妒。"就像小弟弟出生并取代了你的位置，真有趣，我几乎忘记羊毛套头衫的事了。战争期间，居永奶奶一直在拆我们的毛衣，她让丹尼尔坐下，举着胳膊，帮她缠毛线，说：'别动来动去，我的小傻瓜。'为了让他安安静静地坐着，她给他讲故事，他总是要求听想娶国王女儿的公山羊的故事，你知道的，国王要一座宫殿、一座花园，公山羊都建好了，可是国王永远都不想兑现诺言。”

下一页的照片，1944 年 5 月，他在教堂前摆姿势，袖子上戴着领圣体者臂章[1]。“两年前，他一到家里，我们就替他洗礼，为的是得到证书。我们一直叫他的名字，听起来不太像犹太人。”照片上，他站得笔挺，一边是波勒和苏珊娜，另一边是他们的母亲安吉勒和身量矮小的居永奶奶。阳光刺得他们眯缝起了眼睛，却让他们看上去像一家人。“瞧，他右边有个口袋，那是妈妈用爸爸的旧外套为他裁的上衣。

“我们两个没少玩‘七个家庭的游戏[2]’，拉于尔家，篮子里装着猪头的那张牌，知道吗？那副牌还在，可能缺了几张。玩捉迷藏，丹尼尔总是赢，他躲在阁楼里、洗碗槽下、扫帚柜里、干草房里，从不躲进地窖，我们家的地窖与地面齐平，而他认为地

[1] 初领圣体的儿童别在袖子上的白色丝绸结。领圣体，弥撒中祝圣圣体、圣血后，司祭和教友领受圣饼的仪式。

[2] 法国的一种桌游，有 42 张纸牌，分为 7 个家庭，每家 6 个成员，凑齐最多家庭的玩家获胜。

窖就应该在地下。他会一直躲到我放弃寻找。”

埃莱娜问，丹尼尔有没有跟他们说起巴黎，说起他的家人？他有没有带来照片或者物件？“没有，只带了一个小箱子，装了几件衣服，几本《巴亚尔》，一本袖珍书，没有纪念品。他谈论父母是为了在同伴面前哗众取宠、摆架子，他说他父亲有一辆漂亮的汽车，他在美国的姨妈是个百万富婆，说得跟真的似的，我们知道，全是瞎吹。关于他的真实生活，他从来不提，后来也没说。整个战争期间，尽管我们住同一座房子，还睡同一个房间，夜里，连波勒在内，我们三个人能听见彼此的呼吸，可是丹尼尔只是临时弟弟。法国解放后过了几年，我们家收养了他。当他把新的身份证拿给居永奶奶看，上面写着‘丹尼尔·罗什’。奶奶说：‘我的小傻瓜，我的小宝贝。’她哭了。”

苏珊娜揉捏着相册一角，1950 年 6 月，她和莫里斯的婚礼，一家人在院子里，一群小孩子站在新人前面，小脑袋遮住了她已经隆起的肚子。她想翻过这一页，可埃莱娜抓住了她的手，大家总是说她们俩长得像，尤其在这张照片上。“咦，丹尼尔不在？”“丹尼尔出门了，是他的第一次旅行，去美国姨妈家，姨妈确有其人，尽管她不是百万富婆。战争结束以后，她寄来几封英文信，装在航空信封里，写在薄薄的圣经纸上，他借助字典写回信。1950 年，她给他买了一张船票，爸爸陪他坐火车到勒阿弗尔。”

相册最后是几张没有粘贴的照片，其中一张是苏珊娜、莫里斯和他们的两个儿子在海滩上，背面写着“1959 年 8 月于阿卡雄”。当时，阿兰 8 岁半，蒂埃里 7 岁，不过小儿子个头已经赶上哥哥，很快便要超过他了，这一点如今年近 50 岁的阿兰依然心存忌妒。埃莱娜很喜欢这张照片，喜欢祖父的姿态，他跪在沙子上，搂着两个男孩的肩膀，三个人的脑袋靠在一起，母亲坐在一旁，看着他们。苏珊娜把照片拿走了。

那天晚上在书房，她恰巧看到《亚马孙河的摆渡人》灰色和红色的书脊，这是苏珊娜家里唯一的《黑色印记》。书上没有题词，那一页被撕掉了。她从上次纪尧姆停下解说的地方开始读，当皮特靠近印第安村落，一支箭从他耳边呼啸而过，射穿了背包。她跟随主人公退入森林，在夜晚潜入村子通知萨满巫师，皮特被俘，部落遭到远征队入侵。酋长女儿岑苏娜指挥的卡里诺阿人的战斗深深吸引了她。岑苏娜曾经是皮特的朋友，后来他们疏远了，最终她放了他，并招募他成了麾下一员。接着，白人败退，皮特离开，他驾独木舟渡河，印第安人在岸边送别，岑苏娜最后一个向他致意。

圣诞节后第三天，一家人又各奔东西，埃莱娜在穆兰多待了几个小时。就在告别之前，苏珊娜回忆起，有一天丹尼尔带了一把刀或者锥子到学校，还弄伤了一名学生。老师惩罚了他，并没收了东西，然后他病倒了。“波勒肯定比我记得清楚，她记性好，而且你知道的，她总是什么事都清楚。”

## ××× 丹尼尔的匕首

埃莱娜在开往克莱蒙－费朗的火车上就怀疑，波勒姑奶奶没时间接待她。退休以后，她奔走于教区和社团之间，从未如此活跃，然而正如她自己所说，助产士可不是一份清闲的差事。夏天，在圣－费雷奥尔，她在花园里忙碌。埃莱娜和弟弟去祖父母家过复活节和七月的暑假时，波勒姑奶奶也总在那儿，她制订菜单、包扎伤口、根据天空的颜色预言第二天的天气。大家常说，无论什么情况，都要问问波勒，她知道。作为寡妇，她知道在姐夫莫里斯二月的葬礼上该在教堂里念哪一篇圣诗，也懂得如何支持崩溃的姐姐。她结实，不知疲倦，是真正的罗什家人。

每次来到波勒姑奶奶家，埃莱娜都有打扰之感。小小的房子里挤满了志愿者，正为穷人准备新年礼包。他们很晚才离去。电视里预报有狂风，用餐前她们关上了所有护窗板。波勒开了瓶四季豆罐头，像苏珊娜那样一只手敲开蛋壳，摊了蛋饼。吃完饭，她把餐巾塞进餐巾扣，正要起身去洗碗时，埃莱娜终于鼓起勇气问道：“告诉我，你还记得丹尼尔刚来的时候吗？”可是波勒没有回答，她把一根手指放在嘴上，侧耳倾听。客厅里充斥着低沉的呼啸，呼啸逐渐成了隆隆声，像是剧烈的撞击声，是风灌进了烟囱，窗上的铁栅栏如魔鬼一般摇晃。

灯光几乎立刻熄灭了，波勒摸索着点燃了蜡烛，穿堂风让摇曳的烛光在她们身后投下跳动的影子。这场狂风比预报中还要厉害，甚至比一场普通的风暴更糟糕。波勒打开一台用电池的老收音机，然后回到餐桌旁听新闻，就像灯火管制[1]时一样。一场前所未见的飓风席卷法国南部，比前一天横扫北欧的那场还要猛烈，

[1] 灯火管制指的是战争期间政府限制使用电灯及蜡烛等照明用具的措施，主要目的是防止敌军在夜晚借由照明寻找到目标物进行空袭等攻击行动。

在奥弗涅地区，飓风尚未达到最大风力。她们确实听到风越刮越猛，冲进瓦片下、管道里，摇晃墙壁，整座房子嘎吱作响，似乎即将倒塌。更糟的是，只能听到外面的嘈杂，却看不见情况。街上的护窗板砰砰作响，像枪声，瓦片和各种东西在地上和墙上撞碎，四面八方传来消防警报声，仿佛这片区域正处在轰炸中。波勒想给苏珊娜和其他家人打电话，可是电话线路断了，埃莱娜的手机没信号。波勒活到 73 岁还从没碰到过这样的事。幸运的是，整条街的房屋相毗邻，彼此支撑。波勒的房子是新式的，很结实，毫无风险。

飓风似乎已经达到了最大风力，声音不再增大，可以睡觉了。波勒给了埃莱娜一个手电筒，上楼梯的时候，她做出身经百战的样子，可手里的蜡烛却在止不住地抖动。埃莱娜在客厅沙发上过夜，沙发上方挂着波勒儿子领圣体的照片，两边分别是特蕾莎修女和以马内利修女的照片，昏暗中，这两人看上去有些陌生。她想起纪尧姆，他在南方应该能安全地避开危险了，但她很想打电话过去听他讲讲，就像听他讲冒险故事。拉上睡袋的时候，她想，要是他们在一起，会紧紧贴着彼此，如同被地狱的风暴卷走的情侣。

外面的声音吵得她无法入睡，于是她借着手电筒的光读《逃亡者花园盗窃案》。

> 皮特在吉哈普·奥斯托夫家发现的那只沉重的旅行箱竟然是空的，还被固定在地上，双层箱底隐藏着一扇翻板活门。地下室的床上，人体模型似乎在沉睡，奥斯托夫凝视着它们。已经半疯的他自以为是屋大维·瓜尔迪奥，前一天才死里逃生，徒劳地寻找家人。皮特知道，奥斯托夫也曾在一场意外中痛失妻儿。他曾想在第二次火山喷发之前救出这两人，第二次比第一次更可怕，将埋葬活人，甚至死者的记忆。

她看书的时候，风渐渐平息了。或许因为是在飓风中读的，除了并不难解的侦探小说套路，她还感受到了恐惧。封面上提示

“10岁以上阅读”。要么糊涂，要么残忍，否则不会对这么年轻的读者谈论一个孩子的死亡，谈论让人发狂的痛苦。她终于睡着了。梦中，图卢兹公墓的地面覆盖着一层变硬的火山灰，她用铲子和刷子挖出一颗小小的头颅。她认出约拿乱蓬蓬的头发。他睡得那么沉，怎么都叫不醒，哪怕大声呼喊他的名字。

早晨，房子里依旧没电，收音机正播报数十人死亡，一些街区惨遭蹂躏，欧洲各地都有被毁掉的森林，波勒翻来覆去地说“可怜的人”。突然她站起来：“圣－费雷奥尔的风一定更猛，得过去看看。”埃莱娜想拉住她：“又没什么紧急的事，收音机建议大家避免不必要的外出。”但波勒从不改变主意，若是没人陪，她便只身前往。

埃莱娜开着雪铁龙AX，至少在这一点上她坚持己见，车开得很慢，每次拐弯都减速，生怕遇上障碍物，她避开倒下的树枝和消防员仅仅推到一边的大树。波勒姑奶奶两眼盯着路面，好像开车的是她自己。趁着她不得不闲下来，埃莱娜趁机开口道：“你还记得吗？有一次丹尼尔带了一把刀去圣－费雷奥尔的学校，被老师没收了。”她转过脸来看了看埃莱娜：“你觉得现在是说这个的时候吗？你最好目视前方。”

驶出伊索尔，一块被吹倒的广告牌堵住了半边路，埃莱娜一个急刹，车猛然停住，波勒用手捂住心口。“那把匕首，我记得他是这么叫的，其实是他来的时候随身带的一支铅笔，他总是放在口袋里，普普通通的铅笔，但削得很尖很尖，他常在一块石头上磨笔尖，就像提埃斯的剪刀商，他说这支铅笔很特别，是用黑钻做的，价值连城，可以戳瞎一只眼睛。有一天，他划伤了亨利·加雄的胳膊，说来话长。老师一定惩罚了丹尼尔。第二天，或许是巧合，丹尼尔发烧了，好几天没去上学，”波勒长长地叹了口气，“父母亲为了这男孩可真是受了不少罪，尤其一开始，以前他在自己家里被宠坏了，他们肯定什么都依着他，‘我不喜欢卷心菜’，不喜欢这不喜欢那。他高兴了也能帮点忙，喂兔子、捡鸡蛋，乐意得很，但他会抱怨母鸡臭死了，还捏鼻子。我们家人不喜欢任性的孩子，父亲心肠很好，但是不让我们要性子。”

这条路延伸到山上，山上覆盖着薄薄的雪，从多洛尔河畔的尚邦开始，路面变得更窄，在树与树之间蜿蜒向前，经过尚佩蒂埃和苏斯蒙塔格时缓缓向下，一直通往圣－费雷奥尔－代科泰。道路两旁，横七竖八躺着被狂风吹倒的老杉树，露出一块块杂乱的林间空地。波勒姑奶奶双手紧紧抓着膝盖，凝视着被摧毁的树林："真是一场灾难，上帝啊，真是一场灾难。"就在下车之前，她看到院子里那棵大橡树被风刮倒了，横在地上，沾着泥土的树根直指天空。她一言不发，径直走过去，把手放在树干上，轻轻抚摸树皮，就像触摸病人的额头。波勒终于有了她母亲的面容，当埃莱娜去养老院探望外曾祖母时，当外曾祖母管她叫苏珊娜时的那副面容。

那儿也没有电，埃莱娜在冰冷的厨房里煮了茶，波勒坐下来，捧着茶杯取暖。埃莱娜不记得冬天来过圣－费雷奥尔，房子从来没有这样空荡荡过，门窗紧闭，漆黑一团，使她觉得很陌生。来到楼上，她们推开卧室的护窗板，房间是蓝色的，埃莱娜坐到床上。正上方圆圆的小梁上三个树疤依旧组合成一个大象的脑袋，她不用拉开床头柜的抽屉，就知道里面有玩过家家的骨制餐具和一副残缺不全的“七个家庭的游戏”纸牌。她想到，也许丹尼尔曾和两个尚未成为他姐姐的女孩一起，在这个房间里度过了第一个夜晚。

波勒指了指她坐着的地方：“哦，这张床！”“你以前睡这儿？”“是的，和苏珊娜一起，我们一直睡在这儿。而他，他的小床在那儿，知道吗，他有时会说梦话，他说‘我也是’‘等等我’之类没有意义的话，第二天早晨忘得一干二净。”她在指间揉搓着从床垫的缝合线里掉出来的一团羊毛，接着说：“战争快结束的时候，他已经长大，不能再跟女孩们睡一起，杂物间就收拾出来给他当了卧室。差不多那段日子，他去了克莱蒙，在布莱兹-帕斯卡中学寄宿，出于当时的情况，老师让他迟了一些参加入学考试，后来他赶上去了。每个星期六，他回到圣-费雷奥尔。”

埃莱娜打开通往阁楼的楼梯门，走了上去，她忘了屋顶如此低矮，即便在中间也站不直，从贴近地面的通风扇透进来一点光。小床在那里，已经被拆掉了，她记得自己曾睡过这张床，就像家里所有孩子一样，她认出了刻在床头的帆船浅浮雕。波勒继续说："它对丹尼尔正合适，当年他个头儿矮小，可是他睡觉爱动来动去，总是撞到侧面的板。"于是，波勒和苏珊娜的父亲把两块板换成了横条，好让他伸出一只脚或者一条腿，上面的螺丝孔依然清晰可见。波勒指给她看约瑟夫做的小小的木头护窗板，以免冬天寒气从通风扇钻进来，而当年没有窗玻璃。"这是为了丹尼尔不得不藏身阁楼时而准备的，他只在那里睡过一次，最终什么事也没发生。不过，他很喜欢这儿，于是常躲到这里看书，老师借给他《金银岛》《鲁滨孙漂流记》，当然后来还借了《山中英雄加斯帕尔》[1]。"阁楼上很冷，波勒说话的时候，嘴里呼出白气。

"战争接近尾声的那段日子，莫里斯几乎每天晚上都来，他在圣－阿芒－罗什－萨维纳当小学老师。他负责在报纸的名单上寻找丹尼尔的父母，过了几个月，有一天晚上，看到他把自行车靠在井边沿的样子，我们就明白了。他走到丹尼尔身边，一只手

[1] 法国作家亨利·普拉（Henri Pourrat，1887—1956）的小说，故事发生在19世纪的奥弗涅地区。

搭在他肩上，就像对他的学生所做的那样，可是丹尼尔躲开了，他跑着上楼，进了房间。莫里斯压低了声音说话，他念了名单上的三个名字，丹尼尔的父亲、母亲和那个女孩。直到那一刻之前，我们都还以为丹尼尔是独生子，究竟是他让我们这么觉得，还是我们自己设想的？仅有一次，很久之后，1950 年，他对我说，只对我一个人说，他的姐姐她跟我差不多年纪，至少，她要是活着的话。然后再也没说什么，连她的名字也没提。这件事就发生在他去勒阿弗尔坐船之前，父亲陪他去的，回来之后，约瑟夫很不自在，说他在码头上站了会儿，直到船开远了，很远，接着直到第二天，再也没说一句话。”埃莱娜想象她在照片上见过的外曾祖父，身形高大，用手遮住阳光，目送客轮消失在地平线。

从美国回来，丹尼尔定居巴黎，过了好几年才开始回圣 - 费雷奥尔。波勒多次开着雪铁龙 2CV 带他去昂贝尔的医院探望父亲，后来又带他去养老院看望母亲。“妈妈已经不记得他的名字，但她紧紧握着他的双手，对他说：‘知道吗，你的奖章，我一直留着呢。’她指的是因为抚养丹尼尔他们获得的义士奖章。”

她们回到二楼，埃莱娜重新合上蓝色房间的护窗板。“战争结束后不久，他在美国的姨妈，他母亲的妹妹想收养他，她可能想来接他，就请人把一封信翻译成法语，通知我们她要来。父母亲什么也没说，居永奶奶把自己关在房间里哭。那位姨妈原本可以强行收养丹尼尔，当时也有类似的诉讼，她很可能打赢官司。可是后来他们收到第二封信，她放弃了，没有说明原因，丹尼尔可以留在罗什家，等他年满 18 岁再来。没人再谈论这件事，可是到了 18 岁，甚至还没到，丹尼尔就动身去纽约了，这位姨妈要是还在世，如今该有 90 岁了。她的名字叫玛拉，我想。”

经过厨房，波勒打开食品柜取出几瓶罐头，准备带去克莱蒙。“知道吗？从前这个壁橱没有隔板，用来放扫帚，有一天不知丹尼尔干了什么蠢事，爸爸把他关进橱里，他用那支总装在口袋里的铅笔在墙上写字。现在还能看到大写的‘他妈的’三个字和一幅图，画的是一只张着嘴的狗，圈圈里写着：‘当心我咬你！’”她们又坐上汽车。波勒看着开车的埃莱娜：“天哪，你跟苏珊娜简直是一个模子刻出来的，特别像她结婚的时候，那时她才 20 岁，想起来，真是太年轻了。”

埃莱娜赶早班车回巴黎，旅客们想尽办法挤在车厢里，有人坐在椅子扶手上，有人坐在走廊里，还有人坐在行李箱上，真像一群逃难的人。纪尧姆还在南方，没有他的陪伴，她在考古学院的一个女同学家庆祝了2000年的新年。他们比往年更焦急地等待午夜的到来，高声说话，情绪亢奋，“因为我们不仅要过新年，还要迎来新世纪和新千年，这是一个新纪元的前夜”。伴随着披头士乐队的一首老歌《露西戴着钻石在天空》，他们吐烟圈玩，吐出“2000”的一串“0”，然后将它们吹散。虽然对千禧年带来的恐惧不屑一顾，表面上嘲笑着千年虫和占星家预言的世界末日，但大家还是有点相信。随着夜晚临近，大家酒喝得更多了，一阵阵大笑中透出担忧。气象学家给飓风取了名字，“洛塔尔”“马丁”，就像给集市上的熊命名，它们很可能溜走。一个美貌的姑娘喝得烂醉，站在长沙发上，披头散发，祈求神灵，预卜文明的终结、世界历史的转折。

埃莱娜倒在沙发上，挨着一个男孩子，他正试图向她解释，从数学的角度看，第三个千年应该从 2001 年 1 月 1 日算起。她也喝多了，跟不上他的推理。她想起了那位美国姨妈，玛拉姨妈或许还在人世，似乎丹尼尔家族的一部分也死而复生。在烟草和酒精带来的晕眩中，摩天大楼矗立在她眼前。2000 年春天，她要去纽约。

# ×××× 两名逃亡者

2月的最后一个星期天，丹尼尔邀请埃莱娜到餐厅吃饭，正如他之前提议的那样。她以为他会在附近选一家能喝啤酒的便餐馆，不料他约她去巴黎的另一头，位于圣旺的小艇餐厅。他想顺便带她逛逛跳蚤市场，他说值得一去。餐厅老板娘叫他阿彻先生，他向她介绍了埃莱娜："我的外孙女。""那么您已经当舅爷爷了？""是的，我昨天出生的，不过白天有点长。"

他刚刚旅行回来，埃莱娜料想他会跟她讲毛里塔尼亚和沙漠，并从挂在衣钩上的派克大衣口袋里摸出一块沙漠玫瑰石，可他没有。反而是她讲述了自己的奥弗涅之行，可怕的暴风雨、冒险出门、驾车穿越障碍物、被连根拔起的大橡树，她添油加醋，他全神贯注，兴趣盎然，眼睛睁得大大的。“丹尼尔舅爷爷，波勒姑奶奶跟我说起你小时候的故事。”“哎哟，天知道她跟你讲了什么，巴黎佬、被宠坏的孩子，我想是这些吧。”他垂下眼睛看着餐盘，把玩餐刀。“她还跟我谈起你的纽约姨妈。”“哦，是的，我的玛拉姨妈。”

玛拉在战争爆发前一刻从但泽[1]离开波兰，同她的丈夫、儿子一起到了美国。后来，许多人历尽千辛万苦重建家庭，她在圣-费雷奥尔找到了丹尼尔的踪迹，甚至开始办收养手续。可是，虽然丹尼尔在战争中无比渴望奔赴美国，但如今一去不返的念头令他害怕。“你明白吗？我意识到自己成了罗什家的孩子，成了奥弗涅人，有了当地口音。”他的手指在餐盘的边沿上移动，就像划过一个遥远的小岛的轮廓。后来玛拉姨妈放弃了，没来接他，只是让他答应18岁的时候来看她，“也许她觉得这样对我更好，对她而言，这个选择很艰难。”

[1]波兰北部沿海地区最大的城市。

1950年，他信守诺言，横渡大西洋。那年正赶上中学毕业会考，可他4月份便动身了，没有参加考试。埃莱娜问：“为什么不等放暑假？”他耸了耸肩。“我想见识一下外面的世界，再说我当时的年纪，年轻人，你知道的，”他笑了，“而且环球旅行者并非理性之人。”

玛拉是一个美丽的女人，总是衣着得体，涂着指甲油，她是美发师，因为拿剪刀，手指上有一块老茧。她和丈夫把丹尼尔当亲生儿子一样接纳，他们想为他展现美国的优越之处，雅各布姨父沉默寡言，但慷慨大方，萨姆表哥带着他到处游览，从布鲁克林到其他地方，他们的街区碰巧叫“小敖德萨”。为了挣点零花钱，他和表哥在美发店给人洗头、扫地，一堆堆各种颜色的头发真古怪。他们希望丹尼尔留下，可他思乡心切，三个月之后，回了法国。

埃莱娜问姨妈是否还活着，他咳嗽了一声：“没有，唉。”他拿起酒杯，看着灯光下的红酒：“说到底，那能算活着吗？雅各布姨父死了，而她，脑子不清醒了，行走不便，浑身不舒服，96岁高龄，你懂的。”不过，他经常跟萨姆见面，萨姆常来巴黎。

他喝空了酒杯。

纽约，她想复活节跟纪尧姆一起去，他也没去过美国，他们可以找一家小旅馆，住上一星期。丹尼尔一边说“可以啊，干吗不呢”，一边摇头。“在纽约，我更想见见你那位表兄和姨妈。”他的酒杯放得太快了，杯底一点红酒溅到了桌布上：“萨姆？当然！”他会通知他的，他会把他的电话号码告诉埃莱娜。“他事业有成，是牙医，很讨人喜欢，他的妻子也很好，他有两个女儿，是两任妻子生的。不过我姨妈，你见她做什么呢？看了只会让你心里难受，她根本不知道你是谁，她连自己儿子都认不出来了，埃莱娜，千万别去。”她点点头，可他越是坚持，她越觉得必须去见见这位玛拉姨妈，以免下次再有机会时已经太迟了。

他们逛了一下午跳蚤市场，丹尼尔对这个小小的世界了如指掌，熟悉每一条小径：“瞧，这是阿里巴巴的山洞，绝对什么东西都能淘到，水晶门把手、踢踏舞鞋，甚至贝多芬的助听器，只要好好找。”在蔷薇街的威耐逊市场，他指着一家小店铺让她看，店里卖玻璃盒装的蝴蝶标本、羽毛、鸟蛋和世界各地的石头。一路上很多商人跟他打招呼，管他叫阿彻先生，甚至丹尼尔。

他们在市场里闲逛，停下来翻翻书、明信片或集邮册，拆开一盒纸牌，端详一幅版画。有时是他发现有趣的东西，有时是她，他们从望远镜的另一头看到缩小的自己，转动微型旋转木马的手柄，试戴一顶折叠式高顶大礼帽、一顶英式头盔，总之，这一天她过得很充实。他执意要送她一个角质手柄的放大镜，说是有助于她的考古工作。

在这里，丹尼尔不再像夏洛那样步履匆匆，不再像他在蒙帕纳斯街区时那样，看上去一直在演戏，笑得太大声，说话太响，走路太快。他似乎让电影放慢了速度，找到了正确的节奏。在这些拥挤的小巷里，他回归了自己的年龄，只需要做一个在一堆旧物件之中的老人。

他坚持要把埃莱娜介绍给好朋友埃利·弗里希。他的摊位在一条小路的尽头，仿佛一家小小的摄影历史博物馆，橱窗里摆满照相机、闪光灯、三脚架和光电管。埃利坐在店里看报纸，等着他们："你好啊，丹尼。""你好，老伙计。"这是个矮矮胖胖、开朗的男人，他紧紧地搂住丹尼尔，又用温柔的眼神打量他。然后，他转向埃莱娜："丹尼早就跟我说起过你，我是埃利·弗里希，丹尼的第一个朋友，绝对是，告诉你吧，他一生下来我就认识他了。"他们围着一张小桌子坐下，店铺似乎成了客厅，几米之外逛跳蚤市场的人群似乎不见了。埃利有暖壶装的咖啡，还有妻子做的罂粟蛋糕。"吃啊，埃莱娜，吃啊。"

两个朋友有独特的交谈方式，轮流或者同时说话，一个人的声音不会把另一个的盖住，就像戏剧舞台上的对话。埃利回忆起他们小时候相识的情景，丹尼尔接着说，自己出生的时候，父亲在美丽城的弗里希照相馆工作，后来才到敖德萨街另立门户。埃利很喜欢伊萨克·阿彻的玩笑——"你洗澡了吗[1]？没有。怎么了？缺了一个澡盆。"他比丹尼大五岁，清楚地记得第一次见到出生才两星期的丹尼："那时你可真 mies。""谢谢，老兄。知道吗？

[1]法语中，这句话也可以理解为"你拿了澡盆吗"。

埃莱娜，‘mies’在意第绪语里是难看的意思。”他们笑起来，相互拍拍肩膀，然后丹尼尔靠在椅背上。

埃利从身后抓起《星期天日报》:“看到了吗，这个死里逃生的古巴小孩，他们在海上找到了他，绑着一个救生圈。他叫埃利安，跟我差不多。”“他应该叫摩西，都是从水里被救起来的[1]。摩西是我的第二个名字，”丹尼尔说，“是埃利救了我的命。”“不，”埃利回答，“我们是一起逃出来的，就是那次大逃亡，不过埃莱娜，你肯定知道那个故事。”

他们讲述了如何从UGIF的儿童之家逃出来，“你知道的，就是拉马克街的法国犹太人联合总会。”那是1942年7月底，埃利15岁，丹尼尔10岁，跟一群同家人分离的犹太孩子一起待在那儿，他们在儿童之家烦闷无聊，伙食很差，埃利尤其不喜欢被关起来，接受搜查。“他说得没错，”丹尼尔接过话茬，“儿童之家就是陷阱，

[1] 摩西，在希伯来语中，意思是“从水里拉上来”。据《出埃及记》记载，摩西还是个婴儿的时候，被装在篮子里藏在尼罗河上，法老的女儿救了他，并为他取了这个名字。

留在那儿的人都遭到围捕。”两个男孩趁一次外出的机会逃跑了，躲在院子深处的坡屋里，直到人们不再寻找他们。在藏身之处，他们用埃利的小刀拆掉了缝在衣服上的黄星[1]，他们的母亲竟然把针脚缝得那样密。当然，他们不得不把物品全部留在儿童之家，仅留身上穿的衣服和口袋里装的一两件宝贝。

埃利把丹尼尔一直护送到卢森堡公园，接下来的路他认得。“知道吗？埃莱娜，我的埃利哥哥可勇敢了，真正的 mensch[2]，他丢下我一个人跑的话会方便得多，而且我当时很害怕。”“没错，”埃利说，“的确如此，你怕得要死，不过你比我机灵多了，他们没逮住你。”“哪里是我机灵，不过是运气好罢了，在瓦万街遇到刚好从 4 号出来的科莱特·佩尔勒瓦德，她年轻漂亮，我自惭形秽，在儿童之家，我因为长虱子被剃了光头。我想走到街对面去，可她飞快地抓住了我，让我和她一起进了楼房。我在佩尔勒瓦德

[1] 又名犹太星，是纳粹德国统治期间，在纳粹影响下的欧洲国家内的犹太人被逼戴上的识别标记。

[2] 意第绪语，意为“正直、值得尊敬的人”。

家里躲藏了一阵子，直到他们找到人把我送往安全的地方，他们就是这么说的。我看了三个星期的书，他们借给我几本《巴亚尔》、几本《沿途记号》[1]，埃利，你也看过，还记得吗？童子营里的埃里克王子，他的镀金手镯上的神秘数字，还有那片叫比肯瓦尔德的营地。”“当然，当然记得。”

丹尼尔把埃莱娜一直送到地铁站才离开。坐到了红堡站，她想起来，古董放大镜遗忘在了埃利店里。她又坐了相反方向的地铁，找到了威耐逊市场，却在迷宫一般的小巷子里迷了路，终于找到摊位时天快黑了，大部分店铺的卷帘门已经拉下。埃利的店铺拉了一半门，里面透出灯光。她弯下腰，看到他坐在桌边，头顶挂着一盏很亮的灯，面前放着一个拆了一半的东西。她在卷帘门上轻轻敲了两下，他跳起来，“啊，你又回来了。”他们找遍了店里也没找到放大镜。

[1] 1937 年开始出版的系列小说。

埃利给她看他正在修理的东西，是一台莱茨照相放大机，精密的光学仪器。“它很美，不是吗？”他抚摸着黑色的球形金属部件。埃莱娜从手包里取出钱夹，他微笑着说：“我说这些可不是要你买。”她从钱夹里抽出一张小纸条，是她从房间的那幅画后面找到的，她还没给别人看过，她不敢。“您懂希伯来语吗？”“当然，给我瞧瞧。”他展开纸条，笑了起来：“这不是希伯来语，而是意第绪语，Di gantse velt iz eyn shtot，‘整个世界是一座城’，这是一句谚语，世界是一座小村庄，世界很小。从哪儿弄来的？这字条。”

埃莱娜把东西放回钱夹：“您刚才说这是莱茨牌的。”“是的，我父亲有一台一模一样的，伊萨克·阿彻也有。丹尼很喜欢看他父亲冲洗照片，他们的冲洗室就在公寓下面，照相馆后面，可以从一扇活板门进入。红色的灯光、显影液里映出的脸庞，都令他着迷。我呢，讨厌这个，父亲就让我把洗出来的照片晾在绳子上，水流进我的袖子，”他用手撸了一下左臂，卷起的衣袖看着像一个肿块，“可是现在，生活在这一堆东西中间的人是我，真有意思，而丹尼什么都没了，连一台小相机都没有。”她说：“真遗憾，是因为他经常旅行吧？”“不，我想是因为那次围捕，那天他在冲洗室，你知道的。不，你不知道。那天早晨，1942 年 7 月 16 日，一个女邻居给他们通风报信，伊萨克赶在警察到来之前匆匆下了冲洗室。他们以为警察只会带走男人，放过女人和孩子，所以丹尼没打算躲起来，不过也许他太喜欢冲洗室了，就跟着下去了，他母亲赶紧关上了活板门。

“他们坐在冲洗室里，黑暗中，丹尼的父亲把他抱在怀里，像是为了防止他逃跑，他们听见敲门声、脚步声、男人的嗓音，声音不够大，听不清说了什么，接着突然听见姐姐的声音，她高声嚷着，几乎在喊叫：‘你们要是把我母亲带走，那么我也去！’父亲放开儿子，站了起来，可是接着，‘不行’，他又坐下，重新抱起儿子，丹尼的后背感觉到他的心跳，他把他抱得越来越紧，用手捂住他的嘴，平生第一次弄疼了他。”埃利一边说着，一边在灯下俯身收拾起放大机的零件，红棕色和白色交错的头发仿佛在熠熠闪光。

“他们就这样待了很久，很久。最终，父亲放开了他，丹尼开始哭泣：‘你为什么弄疼我？’伊萨克推开活板门，费了很大劲，她们为了掩盖，把一些箱子拖过来抵住了门，他们爬上来，回到了公寓。‘爸爸，为什么，你为什么弄疼我？’父亲像一尊雕塑，定定站着，他说：‘听，就是这个字，听。’丹尼沉默了，突然，他也听见了。死寂。空无一人。他姐姐 17 岁，法国籍。那天，他们本不该抓法国犹太人。原则上如此。她在证件上的名字是安妮特·阿彻，我们叫她阿娜。

“当天，伊萨克把丹尼送到了 UGIF 的儿童之家，接着他想去警察局跟他们说弄错了，他答应丹尼第二天回来接他，丹尼问：‘可是爸爸，既然你明天会回来，为什么还要为我祝福？’我们就是在拉马克街的儿童之家相遇的。孩子们在一起讨论各种各样的事，亲眼所见的、道听途说的。丹尼是最饶舌的孩子之一。冲洗室的故事是他多年以后才告诉我的，而他对儿童之家的孩子们说，他在门口拉了一根绳子，绊倒了警察，又剖开一个枕头，用羽毛弄得他们眼花缭乱，还在走廊里打翻一堆纸箱，挡住他们的去路，多亏了他，全家从窗户跳了出去，从起点小巷逃脱，他们已经坐船去了美国，而他很快也要去跟家人团聚。”埃利终于把放大机组装好了，又用一块软布擦拭。

“总之，我们逃出儿童之家以后，丹尼比我藏得好，没再被他们抓回去。而我，反抗过，还铤而走险。所幸我终归还有一丝幸运,那就是装作比实际年龄大,这一点救了我。在比克瑙集中营，我绝不是近距离看到过死亡，我就在死亡里面，你瞧，”他卷起左袖，露出小臂上的编号刺青，“我在死亡的内部。”

他把放大机放回玻璃柜，用钥匙锁起来。在玻璃柜顶上，埃莱娜找到了那个塑料袋，里面装着角质手柄的古董放大镜。

## ××××× 萨姆大叔家的晚餐

旅途中的大半航程，纪尧姆都在睡觉，被飞机的震动摇晃着，脑袋时而歪向舷窗，时而侧向埃莱娜。开始降落的时候，她叫醒了他，旭日几乎跃出地平线，照耀着曼哈顿的摩天大楼。这座矗立着的城市，崭新，几乎没有历史，对考古学家来说，真是一幅奇怪的景象。头两天，他们在纽约街头暴走，开心地看人行道地面上的涂鸦，它们很像这座城市的地图。他们认出了电影里的画面。在中央公园，一名女子牵着10条狗散步；在华尔街，一位商人用手铐把自己跟公文箱铐在一起。他们在一个盲人那里买了支铅笔，盲人脖子上套着块牌子，用英文写着“请买一支铅笔”，照纪尧姆看来，真像《索韦托之约》里阿什利－米尔遇见的乞丐哲学家。

第二天晚上，她给萨姆·塞利格曼打电话，他邀他们第二天傍晚去他的诊所。宽敞的候诊室铺着大理石，摆着皮扶手椅。萨姆出来了，穿着蓝色工作服，微笑着露出完美的牙齿，他表示了歉意，有病人刚刚过来看急诊，他还不能接待他们。他一点也不像表弟丹尼尔，他个子更高，而且更健壮，头发明显染过，在前额处能看到整齐的切口。他请他们两天后到家里用晚餐，秘书会给他们地址。埃莱娜有些失落，她满心期待的是更热情的接待，下楼的时候，在电梯里，她看到在那张"您的下次预约是："英文卡片上，秘书写了地址和日期，看到"4 月 20 日星期四晚上 7 点"几个字，她感觉像要去牙医诊所赴约。

她不知道萨姆·塞利格曼邀请他们参加的是一顿特殊的晚餐，他用了"Passover"这个词，可她不知道这个英文单词代表犹太人的逾越节[1]。在场的有萨姆和他的妻子利比——妻子比他年轻

[1]犹太人重要的节日，通常在阳历的 4 月。

很多，还有他们正处于青春期的女儿，以及萨姆的前妻生的女儿。他们都身着节日盛装，萨姆系着领带，穿着西服，脱掉蓝色罩衫的他褪去了穿职业装时的呆板。纪尧姆赶紧用英语问他："我能叫您山姆大叔吗？"[1]他听了大笑，他们一起朝饭厅走去。

她加入他们的时候，纪尧姆戴上了犹太人的白缎无边圆帽，利比让她女儿去通知博布，人到齐了，埃莱娜以为她说的是一名年轻男子。几分钟后，姑娘回来了，她把门开得大大的，一名看护用轮椅推着一位白发苍苍的老妇人进来了，老太太烫着精致的发卷，穿着靛蓝的套装，鲜红的嘴唇和脂粉过厚的脸让她看上去像一张着了色的老照片。埃莱娜稍后才明白过来，这位就是玛拉姨妈。她想象她的衣服应该是暗淡哀伤的颜色，仿佛来自一个终结的时代，而实际上，只有她的眼睛跟她想象的差不多，蓝色的眸子比丹尼尔的更浅，如同褪色了一般。

玛拉久久地轮番打量纪尧姆和埃莱娜，虽然萨姆已经介绍过

[1]此为一句双关的玩笑，山姆大叔也是美国的绰号和拟人化形象。

他们俩。“这是我母亲，我们管她叫‘博布’，是意第绪语‘祖母’的意思，这是茱莉娅，菲律宾来的，照顾我母亲。”茱莉娅把塞利格曼夫人的轮椅推到餐桌边，自己在她右手边坐下，老妇人的眼睛一刻也没有离开埃莱娜。丹尼尔说过，千万别去，她根本不知道你是谁，可她心里似乎全明白。

萨姆坐在餐桌的另一头，面前放着一本摊开的《圣经》、一把银壶和一只盛着奇怪食物的圆盘，正以族长的身份郑重举行仪式。萨姆的小女儿手持银壶，将水倾倒在父亲手上，埃莱娜看着她，感觉这里和她家相隔不止一片大洋。以前她总是把希伯来人的仪式同一个长埋地下或已然消失的世界联系在一起，而如今有一位戴牙套的美国少女镇定自若地再现了祖先的动作。

作为家中最年幼的孩子，这位年轻姑娘负责在仪式中提问“为什么今晚不同于别的夜晚”，作为回答，父亲用英语念诵千年流散、埃及十灾和渡过红海的故事。渐渐地，不自在的感觉无影无踪，埃莱娜不再觉得自己闯入了没有她一席之地的家庭节日。萨姆历数了上帝的恩德，每说一项，同席用餐的人便一起有节奏地高唱

"Dayenou[1]"。一开始,埃莱娜低声唱和,担心自己显得滑稽可笑,但渐渐地，她的声音浑厚起来，同其他人的声音交融在一起，茱莉娅唱得更响了，似乎要借一半声音给塞利格曼夫人。老妇人和着节拍摇头晃脑，凝视她的儿子，脸上挂着喜悦的笑容。

他们分食了草根、苦菜、象征眼泪的盐水和其他菜肴，这些菜都使他们想起希伯来祖先为奴的痛苦和逃出埃及的苦难史。祷告结束，所有人齐声回答"阿门"，埃莱娜重新发现了家庭礼拜仪式。

萨姆举起酒杯，忽然变换了语调，看到众人的脑袋都转向他，埃莱娜猜想他中断了永恒不变的仪式。他说起表弟丹尼尔："他从1950年之后就没有回过纽约，我多么希望今晚他能跟我们在一起。"埃莱娜想象丹尼尔舅爷爷坐在他们中间，比如在利比的右边，头发乱蓬蓬，领子歪斜着。这时，她看出表兄弟之间的相

[1]希伯来语，意为"这就足够了"。

似之处了。萨姆不笑的时候，他的嘴唇跟丹尼尔的一模一样，薄薄的上嘴唇几乎成一条线，下嘴唇厚一些，显得更孩子气。她看着玛拉，但没有看清她涂了唇膏的嘴是不是一样，茱莉娅一勺一勺地喂她喝汤，又用餐巾帮她擦拭嘴唇，唇膏渐渐抹去。茱莉娅在她耳边轻声说了些什么，老妇人睁开眼睛，接着很缓慢地摇了摇头。萨姆继续说："丹和我，我们本可以像亲兄弟一般一同长大，我的父母就是他的父母，我们都会很幸福，可惜事与愿违。"除了埃莱娜，没人注意到老妇人抓紧了茱莉娅的手腕，力气大得惊人。她就这样一动不动，闭着眼，待了很久。

他们告辞的时候，茱莉娅把埃莱娜拉到一边："明天下午两点请到 412 房间，同一楼层，请一个人来。"她心想，到底是茱莉娅自作主张邀请她，还是玛拉用某种隐藏的信号让她这么做？

## ×××××× 玛拉的神秘明信片

玛拉·塞利格曼坐在客厅靠窗的位置，头发梳得不如前一天精致，疲惫的面庞显得更加脆弱。听到埃莱娜进来，她微微直起身子，面无表情地打量了她好一会儿，首先端详她的脸庞，然后是整个人，从头到脚。她把头扭向窗外看了一会儿，接着又转过来看着她，轻轻点了点头，表示自己认出了她，或许还请她坐下。

茱莉娅向她指了指老妇人对面的长沙发，端来三杯很淡的美式咖啡，埃莱娜很喜欢喝。玛拉交叉着双手，她的手干枯、苍白，涂着鲜红的指甲油，其中一根手指上能看到丹尼尔所说的老茧。一叠相册堆放在她身边，茱莉娅解释说，她们花了很长时间一起重新看了一遍，发现了一些其他人从未注意过的细节，例如远处的火车、一件衣服的条纹布料、屋顶的一根烟囱。埃莱娜很惊讶茱莉娅当着老妇人的面说这些，可是玛拉微微颔首，表示同意。她指了指那堆相册的底部，茱莉娅抽出一本比其他几本更旧的相册，在埃莱娜身边坐下。“这些是老照片，”她讲起他们的故事如数家珍，“这座小城叫卡缅斯克[1]，您看，那张，那是塞利格曼夫人父亲的房子，他是钟表匠。这张，这是她跟她姐姐，两姐妹出生在同一年，丽芙卡是1月生的，玛拉是12月，别人还以为是双胞胎，有时她们的父母也会搞错，姐妹俩觉得好玩，故意被人认错。母亲总是让人给她们做一样的连衣裙，照片上看不出来，这两条是粉色的，布料是在马尼拉的市场上买的，哦，对不起，应该是拉多姆斯科的市场。”茱莉娅笑起来："我把自己的回忆混在一起了。其他人只注意到她们的相似之处，而她们自己感兴趣

[1] 波兰中部城镇。

的是彼此的不同之处，丽芙卡个头稍高一些，也胖一些，而玛拉的左眼下面长了一颗痣。这张是丽芙卡和她的丈夫，还有他们的小阿娜，就在他们去法国的前夕拍的。这是塞利格曼夫人的父母亲，这是她收到的最后一张他们的照片，为了让远方的孩子们宽心，她的钟表匠父亲总是戴着手表拍照，母亲站得笔挺，面带微笑。这张是小萨姆在中央公园，他指着一架飞机。他多可爱啊，是不是？”玛拉老太太坐在扶手椅里，点头赞同。

茱莉娅继续翻相册，丽芙卡的丈夫是摄影师，她从巴黎寄来许多照片。可以看到丹尼尔几乎每次都坐在别人膝头，被抱在怀里，他是一个俊俏的孩子，额头上的发绺时而高高梳起，时而乱蓬蓬，或许这就是波勒姑奶奶所说的被惯坏了的孩子。最后一张照片拍的是一家四口，照片的边缘上写着“1942 年 6 月 2 日，丹尼尔 10 岁生日”，他拿着一本很小的书，手遮住了差不多整个封面。茱莉娅压低嗓门 :“父亲、母亲和女儿，都被德国人杀害了。”她飞快地翻过这一页，老妇人再次眺望窗外。

她们吃了一些很脆的饼，既没有放面粉，也没有放酵母，茱莉娅解释说是为了过犹太人的逾越节。玛拉把手伸向碗橱，茱莉娅从一叠盘子后面取出一个红白色的罐头盒子，上面写着“三花牌奶粉”，她打开盒子，可是玛拉的双手变形了，伸不进去。茱莉娅从里面取出一块发黑的银质怀表，这是玛拉结婚的时候，父亲送给她的礼物，指针永远停在了中午或晚上 12 点 10 分。他给每个孩子送过同一款怀表，天知道其他几块去哪儿了。茱莉娅从盒子里抽出一张剪报，是半张 1962 年 7 月 16 日的《新泽西先驱报》，报上登着一群孩子的照片，他们正在参加吹肥皂泡大赛，巨大的泡泡飘在头顶。有人用蓝笔把远景中的一个女人圈了起来，她独自待在阳台上，倾斜着身子，看不清她的眉眼，玛拉指了指她，嘴里发出含糊的颤音。“是丽芙卡吗？”茱莉娅问。她点了点头。“可是……1962 年的时候，丽芙卡已经去世很久了。”玛拉耸了耸肩，似乎在说“谁知道呢”。的确，阳台上的女人很像丽芙卡，像丽芙卡年轻的时候。茱莉娅用细长的双手抓住老妇人的一只手，久久地握着，玛拉看上去精疲力竭，她闭上眼睛，似乎睡着了。

茱莉娅迅速把手伸进盒子里摸索，并从内壁上取下了什么。这是一封写给“丹尼尔·阿彻先生”的航空信，已经在盒子里放了很多年。有一天，茱莉娅建议把信寄出去，那时玛拉还会说话，威胁要把她赶出去。信没有封口，里面还有一个发黄的信封，装着一张明信片，茱莉娅把它递给埃莱娜。明信片正面贴着一张印有贝当元帅肖像的邮票，盖着信件审查办公室的印戳，靠近邮票和印戳的地方写了两个地址，左边是“德朗西集中营 R. 阿彻夫人”，右边是“巴黎 14 区敖德萨街 16 号勒吉尤夫人”。背面用坚定的大写字母写了几行字，字体倾斜。“我猜想他们被迫用法语写信，”茱莉娅说，“不过，我差不多全读懂了。”

亲爱的夫人：

母亲和我在德朗西，我们马上要动身前往一个未知的地方。我们知道，父亲也被捕了，但他没有跟我们关在一起。我母亲恳求您将这张明信片转寄给她的妹妹：美国纽约市布鲁克林区康尼岛大街 3139 号塞利格曼夫人。亲爱的夫人，我们衷心感谢您的帮助。一有机会，我们还会给您写信。

安妮特·阿彻

1942年7月27日

底下用另一种笔迹写了几行字，断裂，涂抹，仿佛一个字一个字费劲地说出来——

玛拉，我的妹妹，请照顾丹尼尔，把他当成你的儿子。我把他交到你手里。

别忘了我们。

你的丽芙卡

发黄的信封上，在女邻居抄写的纽约地址上方，盖着邮戳——“1945年9月9日”。勒吉尤夫人本来可以一解放就把明信片寄出去，但她又在抽屉里放了一年。那次围捕之前，到底是谁通知了阿彻一家，是女邻居，还是接手店铺和公寓的地毯商的妻子？或许两者都有。

突然，碗碟碎裂的声音吓了她们一跳，茱莉娅赶紧跑去扶住玛拉的胳膊，以免她再把茶杯撞在桌子上。老妇人力气大得惊人，茱莉娅好不容易才抓住她的手，一边还要躲开她另一只手的拍打。“拜托，请别这样，放下杯子，我来收拾一切，”茱莉娅努力付之一笑，“她有时候会这样，甚至故意弄伤自己。”老妇人松开手，茶杯碎掉的手柄落了下来，她喘着气，满脸愤怒地看着茱莉娅把明信片和信封放回盒子，把东西全部收回碗橱。有点流血的拳头攥着钥匙，玛拉终于瘫软在扶手椅上，毫无生气，眼睛盯着关掉的电视机屏幕。在发红的眼皮之间，她蓝色的眸子显得更淡了。埃莱娜走近向她告辞，她连头也没转一下，埃莱娜凑得那么近，看到了她左眼下方的美人痣，如同一滴泪珠。

××××××××　赤道无风带

萨姆送埃莱娜和纪尧姆去机场，这是一个星期天，时间还早，埃莱娜坐在路虎揽胜的后座，从反光镜里能看到萨姆的眼睛。他又说起丹尼尔："战争年代，我们就像两半 afikomen[1]，也就是逾越节的无酵饼，有人把其中半块藏起来，等待之后重新合在一起。"1950 年，他们俩第一次见面就像重逢，丹是他想要的兄弟，萨姆向他吐露心声，每天晚上，他们跟朋友们一起出去。萨姆给

[1] 字面意思是"藏起来，再找到"。在犹太人的逾越节家宴上，会把一块无酵饼分成两半，一半藏起来，聚餐结束后，孩子们去寻找藏起来的饼，找出来吃掉之后，家宴就结束了。逾越节吃无酵饼的习俗是为了纪念犹太人的祖先逃出埃及的时候，没时间发酵面团，只能用沙漠的阳光烤生面团。

他介绍女孩子，“小敖德萨”的漂亮女孩，“不过丹很腼腆，也可能他在法国有女朋友，他的恋人，尽管他从未提起。

“至于喝酒，他却毫不迟疑，每次都酩酊大醉，一旦喝醉，就会说稀奇古怪的话，做稀奇古怪的事，奇怪又滑稽。有一回，他在马路中央声嘶力竭地唱歌；另一回，酒吧侍者不肯为他上酒，因为他尚未成年，他就对人家破口大骂；还有一回，他想跳进海湾里，大喊大叫要让警察来抓他，大家费了九牛二虎之力才拦住他。我记得一天晚上，那是 6 月 2 日，他的生日，我们不得不把他扛回家，那晚我才明白，他思乡情切，想尽办法要回法国。他说：‘放开我，让我走，我一定要回去，她怀孕了，我是孩子的父亲，我 18 岁了，我现在可以娶她。’我让他安静，把他弄到床上，可他继续说：‘他们把我送到纽约，我必须回去。’他像个孩子一样哭泣，我怕吵醒我父母，竭力安慰他：‘别说傻话了，丹，你来纽约是早就计划好的，你心里清楚，你答应过我母亲的。’接着，第二天，他跟平常一样忘得一干二净，真好笑。”萨姆的眼睛在反光镜里寻找埃莱娜，也许想看看她是不是也笑了，他的目光定住了。在布鲁克林大桥上，他指着身后的城市剪影对他们说："看，纽约天际线，这就是美国，等你们再来的时候，会建起新的摩天大楼，比现在的还要高，这里一切皆有可能。"

飞机上，埃莱娜想睡一觉，可是萨姆的话一直在脑海中萦绕。当然，可以把这些看成少年度假的插曲、醉酒的夜晚、不切实际的胡话和返回法国的借口，但也许并非如此。假如丹尼尔的胡话并非胡话，假如醉酒只是让他一吐心中块垒，假如当上父亲的事并非子虚乌有——那位怀了他孩子的姑娘可能在克莱蒙，丹尼尔当时在中学寄宿，他应该可以隔三岔五溜出去，她也可能是圣-费雷奥尔的女孩。

他答应过姨妈，18 岁的时候来她家。然而，他没等过生日，4 月就动身了，错过了中学毕业会考，也许正是因为孩子的事。不是逃跑，而是被迫，他被赶出了圣-费雷奥尔，赶出了罗什家。如果说约瑟夫外曾祖父送他上船，看着船离岸，渐渐消失在天际，那可能是为了确保丹尼尔不会溜下船。他不得不漂泊，消失，让人遗忘，抛弃他的孩子。而他自己，当时几乎仍是个孩子。他原本至少可以待到6月，参加姐姐跟莫里斯的婚礼。埃莱娜记得苏珊娜当时已有四个月身孕，怀着阿兰，她的父亲。

飞机猛然掉转方向，朝深蓝色的大海驶去，头晕目眩的乘客发出尖叫，纪尧姆在梦中惊跳起来。埃莱娜没有反应。

她想起在阿卡雄海滩上拍的那张照片，她从祖母家带回来的。照片上，莫里斯以同样的姿势紧紧搂着两个儿子，阿兰和蒂埃里。父亲和长子之间的爱，从搁在孩子肩头的胳膊上流露出来。这份爱是显而易见的，可感可触的，双向流动的。

苏珊娜也在照片里，坐在他们身旁。她没有面对摄影师，而是朝向丈夫和两个男孩，她注视着他们，温情脉脉，但也有一丝忧虑，似乎父亲怀抱中的平衡很脆弱，稍有不慎就会让天平晃动。不过，也许这只是埃莱娜的解读，母亲充满爱意的眼神总是透出一丝担忧，这并不能说明什么。

此外，祖父对丹尼尔怀有敌意，只要丹尼尔在场，他总会心情不佳，这事大家司空见惯，甚至不再留意。也许并非出于憎恨，但两人就是无法同处一室，小舅子身上的一切都会激怒他，无论闹剧、玩笑，还是像他所说的疯疯癫癫的样子。但这些也同样说明不了什么。

埃莱娜努力回忆细节，言语、动作，以及有人对她说过的父亲童年的回忆。苏珊娜笑着说，他出生那天，某年 11 月 3 日，莫里斯带着一束菊花去了医院，可怜的家伙对花语一窍不通。他对阿兰说了一些不合时宜的蠢话。阿兰成了一个任性的孩子，大家把他跟乖巧听话的弟弟相比，弟弟八岁时个头就已经超过他了。大家常说，蒂埃里跟父亲简直是一个模子刻出来的，腰身和宽宽的肩膀都像父亲，而阿兰长着一双杏仁眼，像极了母亲，然而，这可不是男孩子想听的话。埃莱娜心想，不管怎样，像与不像都说明不了什么，父亲是你夜里害怕时起床安慰你的人，是找回那片丢失的拼图的人，是冲澡时递上肥皂的人，是在你身边的那个人。阿兰的父亲，是莫里斯。

丹尼尔却一向偏爱阿兰，对阿兰比对蒂埃里宽容太多。埃莱娜想起他送给她父母的所有礼物，至今他仍会送他们各种礼物，用来装饰房子、鼓励她的学业，还有她弟弟的学业。

然而，莫里斯才是她的祖父。祖父母和父母从小教她说真话，怎么可能欺骗她那么多年？她宁愿不知情，也永远不会向苏珊娜提这个难以想象的问题——“莫里斯真的是你儿子的亲生父亲吗？”也不会问丹尼尔，更不会问她的父亲。等他们中的一个在弥留之际，用颤抖的声音亲口承认，就像电影里演的那样？这太可笑了。

她的祖父的确是莫里斯·尚邦。她祖上姓尚邦和罗什，奥弗涅人，有名有姓，生卒年月和地点一清二楚，有房子，也有坟墓。她不会将他们替换成她毫不了解的人，漂泊无根之人，流散于世界不知何处的幽灵之家，穿过雾障、越过河川所见的游荡的部族。她与他们毫不相干。否则，一切将毫无意义。谁是她父亲的祖父母？而她又来自何方？不，她的名字叫埃莱娜·尚邦，不叫埃莱娜·阿彻。

飞机升上云层，海面消失了。或许，长大成人就是如此，冒出云层，离开被祝福的童年的微光，步入我们并未要求了解的炫目的光明。从不恐高的她第一次感受到身下三万英尺的虚空。

# 第三部

# 2000年4月—7月

## × 角质手柄放大镜

埃莱娜从纽约回来的时候，丹尼尔不在家，他又外出旅行了。出乎意料的是，他没有跟她说一声就走了，连一张字条都没留，而 12 月的时候，他离开时会告诉她将要去毛里塔尼亚。这几天门房太太没见到他，平常他出门，总会拎着箱子同她告别，请她帮忙保管信件，可这次不一样。“佩尔勒瓦德夫妇可能知道。”埃莱娜说。阿尔梅达太太想不出他为什么不告诉她，反而要通知他们。但埃莱娜知道，不用为他担心，丹尼尔是个成年人，不需要向任何人报告行踪。况且，跟 9 月初到巴黎时一样，只不过出于不同原因，她喜欢他不在家，甚至害怕再次见到他。

幸而，她得交一份紧急作业给学校，于是埋头写起了文章。论文选题是关于她自幼熟悉的热尔米尼－代－普雷教堂的镶嵌画。父亲曾带她去看过，他喜欢这座罗马式小教堂，白色的、圆圆的，像一座南方的教堂被阴错阳差地搬到了卢瓦河畔的小村庄里。父女俩度过了许多独处的时光，细细端详半圆顶上的镶嵌画，他弯下腰，和她一般高，指给她看一些细节。幼小的她已然爱上了那两尊雌雄同体的大天使，他们宽广的羽翼温柔地拂过彼此。

她翻出在热尔米尼拍的照片，贴在房间的墙上、书桌前和床周围。她生活在镶嵌画里，住在其中，熟知每一个细节，闭着眼睛都能画出来：空空的约柜、飞翔在中央的小天使、救世主伤痕累累的手从一条黯淡的彩虹里伸出。对称的大天使像一对兄弟，但是假如凑近了看，便会发现左边天使的光环里有四个点组成一个十字，这是基督教大天使，另一位顶着普通光环的是犹太教大天使，她想起了丹尼尔。装圣谕板的约柜让她想起摩西，想起埃利·弗里希和他的逃亡故事，也再次想起丹尼尔。几乎每天晚上，她都梦见镶嵌画，梦见自己捡起落在半圆形后殿地面上的小块大理石，像拼图一样将它们重新拼起来，或在约柜里发现希瓦罗族印第安人做的一颗干制首级，正张开嘴用希伯来语祈祷。

她利用仅有的休息时间读《黑色印记》系列小说，可是在每一本书中，仍能发现丹尼尔的故事，如《马达加斯加的钻石》中躲在矿井里的孩子，《拉合尔血迹斑斑的地毯》中的小奴隶——大屠杀唯一的幸存者，《露西姨妈的小屋》中在两个家庭之间心痛欲裂的海地孤女，《泰加森林的三只老虎》中为了忘却死去的妻儿而流浪的蒙古老人。

这些小说，她越读越有滋味。她不被曲折的情节和流畅的文笔欺骗，而是沉浸于探寻故事背后真正的历史。可是每当她同纪尧姆谈起这套书，总是无法赞同他幼稚的狂热崇拜。她毫不客气地指出："总是善良慷慨的白人最终取得胜利，拯救了世界各地不幸的人。"纪尧姆大声反驳，喉结突出："不对，桑德斯笔下的受害者从来不是被动、毫无还手之力的，恰恰相反，他们采取主动，赶去救皮特的常常是他们。你看那些女人，尤其年轻姑娘，她们有战斗力、有胆识，比如《特兰西瓦尼亚之路》中年轻的萝姆，

《曼谷的灵魂贩子》中的小女仆,《婆罗洲的黑色眼镜蛇》中揭露盗猎者无耻行径的少女……”他还在举其他例子，寻章摘句，像专家一样侃侃而谈。埃莱娜举不出例子，只想到《穆鲁罗亚环礁的武士》:“队伍里的三名女性只扮演辅助角色。”他们提高嗓门，终于吵了起来，似乎他们手里拿的不是相同的书。

从美国回来三个星期之后，埃莱娜收到一张明信片，是敖德萨的风景照，一座破败的白房子的院子和拱形门廊，图片下有一行译成英语的说明文字:“摩尔达万卡,老犹太街区”,背面写着“明年敖德萨街见！拥抱你。丹尼尔”。这么说，他还在乌克兰，在黑海边，在与他童年生活过的街道同名的城市。这张明信片让她稍稍放宽了心，可心里仍埋怨丹尼尔不辞而别，这把年纪了还像个离家出走的少年。但无论如何,邮票美极了,上面有一艘大帆船，她把明信片放在架子上，又拿给纪尧姆看，他也爱好集邮。

他用放大镜对着丹尼尔寄给埃莱娜的明信片看了许久。他最感兴趣的是邮戳，ОДЕССА，УКРАЇНА[1]，有几个字母印得不清楚，油墨也不相同。他发出胜利的欢呼："邮戳是伪造的！"埃莱娜拿起放大镜："或许乌克兰的邮局职员手工盖戳。"纪尧姆微微一笑："怎么可能呢？一定是桑德斯干的。"她不明白干吗费这么大劲造假，难道就为了一张邮票钱？"不，是他亲手把明信片投进你信箱的，也许他根本没去乌克兰，而是去了别处，或者干脆待在巴黎，塞纳河畔有卖世界各地的新明信片和各种各样的邮票。"埃莱娜立即想到了威耐逊跳蚤市场。她觉得自己干坏事被抓了现行，仿佛她欺骗了纪尧姆，环球旅行作家桑德斯并非她的舅爷爷。然而，她没有胡编乱造，丹尼尔的确有一半时间游走在世界各地，她有证据，就是他带回来送给她的所有这些礼物，那些小拇指大的石子。

纪尧姆却觉得这花招妙极了，他用拳头捶着手掌，在房间里跳起舞来，可笑的样子像极了《神秘的流星》里向丁丁宣布世界

[1]分别为俄语和乌克兰语，意为"敖德萨"和"乌克兰"。

末日到来的那群疯疯癫癫的学究。真是个孩子。在他看来，这个假邮戳正是寻宝游戏中的线索，让他想起埃莱娜还没有读过的《直布罗陀的呼唤》，故事发生在丹吉尔[1]，皮特在那里遇到了给移民做假证件的伊斯梅尔·塞夫。纪尧姆很喜欢开头第一句话："请叫我伊斯梅尔。"他翻了翻书，重新找到了这一段——

> 伊斯梅尔伪造的文件完美无瑕，不过有时为了取乐，他也会悄悄留下一些线索：例如在官方邮票上，在哈桑二世的土耳其帽子上添一支羽毛。他还会在明信片上伪造邮戳，寄给朋友们。随后，他们问他："旅行愉快吗？"可是伊斯梅尔根本没有离开过古老的港口。

埃莱娜从纪尧姆手里抢过书，她什么也不想听下去了，她想打他，赶他出去，尤其想大哭一场。纪尧姆忙不迭地解释，这样

[1] 摩洛哥北部海滨城市，在直布罗陀海峡西面入口。

的欺骗丝毫不会减少他对桑德斯的仰慕，相反，如果他的旅行都是杜撰出来的，那更是妙不可言，说到底，丹尼尔·笛福从未离开伦敦，然而全世界仍然相信他创作的鲁滨孙的故事。可是埃莱娜不听他解释。那天晚上，在低矮的房间里，他们并不知道，这个对他们意义截然相反的发现预示着两人恋情的终结。

埃莱娜去接约拿放学，带他到卢森堡公园散步，他口袋里揣着她从纽约带回来的黄色小出租车玩具。苹果树正开花，约拿抓住一片飞舞的花瓣，摊开手给她看，皱巴巴的，她嘴上说着“太棒了”，可是心不在焉。她想起那张明信片，思忖丹尼尔到底真的在黑海边，还是在纽约的小敖德萨，或者别处。一切皆有可能。她在脑海中将他放在一张彩色的地球平面图上。那么从前，他真的旅行过还是骗了他们，对她和所有其他人说了谎？几个月以来，几年以来，甚至一直以来，他或许都在说谎。这些问题重新勾起了她在从纽约回来的飞机上产生的怀疑，关于丹尼尔和苏珊娜，关于父亲阿兰的出生。假如丹尼尔说了谎，假如邮戳不可信，那么一切都不可信。约拿走过来,把小出租车开上她的腿和胳膊:"埃莱娜，你在想什么呢？看我的小汽车，看我啊，你在想什么？"

这天夜里，纪尧姆没有留下过夜。埃莱娜从抽屉里拿出丹尼尔从火地岛和毛里塔尼亚寄给她的两张明信片。她只想检查一下邮戳，确认舅爷爷不是骗子。她用放大镜观察，看到紫色图章NOUAKCHOTT MAURITANIE有着跟乌克兰邮票同样的问题。接着，她又拿起火地岛的明信片，希望至少这张不会让她失望。可是，即便用肉眼也能清清楚楚地看到，她又怎么会不立即发现，邮戳上的"J"代替了"F"，TIERRA DEL FUEGO变成了TIERRA DEL JUEGO，"火地岛"变成了"游戏岛"。

# ×× LEHAÏM[1]

[1]希伯来语，祝酒词，意为“为了美好生活”。

6月11日，星期天，圣灵降临节，罗什一家在圣－费雷奥尔庆祝苏珊娜70大寿。敞开的谷仓里支起长桌，由埃莱娜这样的年轻人负责上菜，天气十分炎热，波勒在厨房里忙忙碌碌，不知疲倦。“去坐吧，波勒姨妈。”“好，好，马上。”宾客们举着酒杯，陆陆续续在绿色或白色的塑料椅上坐下，苏珊娜端坐在寿星的位置上。做寿的主意是她的两个儿子阿兰和蒂埃里出的，起初她有些迟疑，莫里斯不在了，还过什么生日？但后来她听从了劝说，他一定会很高兴看到她在圣－费雷奥尔庆祝生日，罗什全家围在她身边。

埃莱娜的父母当然在，弟弟安托万扛着崭新的手提式摄像机，蒂埃里叔叔、圣－阿芒－罗什－萨维纳的堂兄弟、圣－费雷奥尔的邻居、朋友，至少30个人，就连波勒姑奶奶的儿子帕斯卡也专程从外地赶来。丹尼尔没有来。他答应要来，却没来。他从敖德萨或者天知道什么地方回来以后，她只瞥见过他一次，他窝在家里工作，可能赶着将新书收尾，交给出版商。深夜，她常看见他关闭的百叶窗后面透出灯光，白天也不开窗。早晨，阿尔梅达太太在院子拖拽垃圾桶，尽量少弄出声响，以免打扰可怜的罗什先生，他干起活儿来 como un escravo[1]。

上菜间隙，孩子们离开餐桌去玩滚球，或像杂技演员走钢丝那样走在一棵粗大橡树的树干上，这棵树被12月的暴风雨连根拔起，树根和枝杈已经清理掉了。安托万拍摄宾客、筵席，厨房已经接连做了三天菜，他拍下来来往往端菜的年轻人，以及花园

[1]模仿西班牙语口音，意为“像个奴隶”。

里四处玩耍的孩子。

上甜点之前，阿兰以众人的名义，为苏珊娜送上一个长方形的盒子，苏珊娜慢慢地拆开，做出神秘的样子，尽管她已经猜到里面装了什么——一架精美的相机。接着，生日蛋糕来了，是在昂贝尔一家甜品店定做的，上面有一块用杏仁糖做的小牌子，写着“生日快乐，苏珊娜”，还有两根蜡烛，分别是“7”和“0”。每个人都分到蛋糕以后，蒂埃里用餐刀敲玻璃杯，埃莱娜立刻想到了祖父，他总是用这种方式让大家安静，同样的嗓音、同样的语调，更庄重些。另外，快50岁的蒂埃里跟父亲越来越像，他谈到父亲，并为他唱起《樱桃时节》，莫里斯生前每逢节日筵席总会为妻子演唱这首歌，老人们合唱起来，年轻人不知道歌词。

这时，一辆出租车在路边停下。丹尼尔还没踏进院子，站在门外就加入了合唱，边走边唱“那段时光在我心里留下创伤”。一看到他下车，蒂埃里就不唱了。

歌声终了，丹尼尔跨进大门，孩子们一拥而上迎接他，安托万稍稍退后一些拍摄。孩子们走开之后，丹尼尔拥抱亲吻了苏珊娜。她很激动："我还以为你不来了，巴黎佬，总是迟到，你是跟孩子一样来吃甜点的吧。"他们很快给他搬来一把空椅子，端来一块蛋糕，他擦了擦额头，环顾了一下餐桌。大家又聊了起来。来之前，他努力让自己外表考究一些，头发梳得整整齐齐，胡子刮得干干净净，穿上簇新的短袖衬衫，标牌的塑料绳仍在领子后头挂着。几个小孩子过来拽他胳膊，让他到桌子另一头跟他们坐一起，给他们讲故事。"安静些，现在不行。"

一位堂姐和一个朋友向苏珊娜表示祝贺，又缅怀了莫里斯，大家一起唱歌、干杯，男人们因为天热，仰靠在椅背上，女人们用一次性餐盘扇风。

丹尼尔站起来，他从来没有在家族的节日宴会上发过言，这不是他的风格。他站着，微微颤抖的手端着满满一杯酒："把这首歌献给罗什家，献给我的父母亲，约瑟夫和安吉勒，献给我的两个姐姐，也献给莫里斯——抵抗运动成员，我的姐夫，我的朋友。"众所周知，莫里斯和丹尼尔向来不睦，埃莱娜和其他人一样诧异，这番敬意仿佛是一场和解，向彼岸的莫里斯伸出手去。

又或许是一种报复，要是姐夫还活着，丹尼尔绝不敢这样说话，迄今为止，他宁愿保持距离，跟孩子们待在一起，扮演他平常的角色，似乎为了证明把他当小丑的人是对的，而那群人里，莫里斯一马当先。埃莱娜用眼角的余光观察平日里沉着镇定的蒂埃里，此时他神色紧张，给自己又倒了一杯酒，苏珊娜也看着他，忧心忡忡，她知道儿子喝多了，并且醉酒之后会脾气暴躁。阿兰坐在母亲右边，时不时把手放在母亲手上，安慰她。

丹尼尔把酒杯又举高了一些，说了句“lehaïm”，宾客纷纷应答，接着他一口喝干了酒，开始唱：“这首歌献给你，不拘礼节的奥弗涅人。[1]”所有会唱的人都跟他一起接着唱下去，比唱《樱桃时节》的人多。

蒂埃里没有唱，他看着丹尼尔，从牙缝里挤出一句话：“他没有权利唱这歌。”埃莱娜离得近，虽然周围有人唱歌，她还是听到了。苏珊娜也听见了，但她装作什么也不知道，继续跟着其

[1]一首1954年创作的法国流行歌曲，名叫《献给奥弗涅人之歌》。

他人唱："但愿他引领你穿越天穹，到达永恒之父。"

傍晚，他们陆续离开餐桌，女人们抖了抖汗湿后粘在大腿上的裙摆。年纪大的都进屋乘凉去了，年轻人收拾餐桌，孩子们用水瓶往身上洒水。丹尼尔同苏珊娜和其他人围坐在厨房的桌子旁，有波勒、埃莱娜的父母和几个堂兄弟。蒂埃里待在外面，独自坐在大餐桌的一头，在面前摆了一排打开瓶塞的酒瓶，专心致志地喝空了一瓶又一瓶。喝完最后一瓶，他迈着坚定的步子朝房屋走去，半路弯腰捡了一块石头。埃莱娜出去找椅子时，他正要进门，轻轻撞了她一下，满身酒气，在离门口两步远的地方站住了，背着手，拿着石头。屋里的人全都转过身来看他，埃莱娜待在门槛上，他开口了："现在轮到我对丹尼尔，所谓的舅舅，说几句。这么多年来，我一直想问你，为什么最好的礼物总是给阿兰，从来不给我？"苏珊娜站起来，面色苍白："蒂埃里，你真让我害臊。"阿兰揽着母亲的手臂，仿佛要拉住她："让他说吧，妈妈。"蒂埃里激动起来，越说越大声："十挡变速自行车、立体音响，还有别的，你偏爱的是他，你一直偏爱他，就算他犯了错，你也为他辩护，你能解释一下为什么吗？我哪里对不住你了？”他大吼大叫，跟平时判若两人，脸涨成了紫色，“说到底，你都不能算我舅舅，你不是这个家里的一分子，你不属于这儿，明白吗？滚蛋！”

丹尼尔张口想说点什么，突然，蒂埃里朝桌子迈了一步，他哥哥站起来想阻止他，可是弟弟比哥哥更高更强壮，一把将人推开，尽管喝醉了，蒂埃里却很有准头。丹尼尔只来得及歪向一边，幸而没有被石头击中面部，只是擦破了点皮。众人惊叫起来，苏珊娜叫得最响，丹尼尔捂着太阳穴，在椅子上踉跄了一下，但没有倒下，他反复说“没事的”，面色惨白。

两个堂兄弟站起来拉住蒂埃里，以为他会冲向丹尼尔，可他似乎被自己的行为吓住了，突然安静下来，垂着双臂，呆呆地站在房间中央。他们一人一边抓住他，将他拉了出去，而他听凭摆布。丹尼尔脸上破了很长一道口子，伤口不深，却淌了不少血，皮下渐渐出现瘀青。苏珊娜在哭泣，波勒建议去看急诊，可是丹尼尔拒绝了：“没必要。”波勒跑去找医药箱，每次都是当助产士的她为别人做伤口消毒，为了让姐姐有点事做，她要苏珊娜帮忙拽着纱布，虽然苏珊娜的手在发抖。波勒鼓励她：“你能行的。”苏珊娜不住地道歉，反复说“我很抱歉”，似乎这是她的错。丹尼尔轻轻拍着她的胳膊：“别担心，苏珊，没事的。”他微笑着，面无血色，眼圈发黑，他说：“还记得吗？我第一次见到你，当时我就坐在这儿，坐着这把椅子。”“是的，我记得，红色套头衫。”他笑了：“你看，我的头硬，一直都是。”

小插曲就这样结束了。真不可思议，蒂埃里表面上平静，实则神经质，尤其离婚以来，况且他不胜酒力，大家都知道，可又不能像管孩子那样管着他，他都快50岁了。幸亏丹尼尔反应敏捷，否则可能身受重伤，甚至更糟，谢天谢地，没什么事。

一直站在门槛上的埃莱娜看到屋外的蒂埃里坐在餐桌旁，两边是两个堂兄弟，他双手抱头，像是在哭，然后睡着了，他每次喝酒都以睡觉收场。屋里，波勒和苏珊娜站在丹尼尔身边，一直忙着包扎伤口，波勒在他头上缠了一圈纱布。阿兰呆呆地看着她们忙碌，跟伤者一样面色苍白，随后，他回过神来，想开几句玩笑缓和气氛：“这头巾很适合你。”“是的，你说得没错，我得蓄点胡子，就更像《圣经》里的人物了。”的确，纱布让他看上去神色威严，令人肃然起敬，有一种族长的感觉。在老房子半明半暗的光线中，弟弟和两个姐姐组成了一幅亲密的画面，正如我们在古老的油画上所见的那样。

## ××× 伊斯兰教隐士萨迪·阿尔法·马内

埃莱娜无法原谅纪尧姆发现伪造的邮戳，而且欣赏这种欺骗。现在，她已经读完了《黑色印记》的23本小说，能在地图上把每一本里的地点用大头针标出来，塞内加尔、日本、哥伦比亚、波利尼西亚，就像把旗帜插在征服的土地上。她再也无法忍受纪尧姆幼稚的狂热崇拜，他谈论那些冒险故事，仿佛是他的亲身经历。《黑色印记》曾让他们变得亲近，可是未来或许也会令他们分道扬镳。诚然，他一直比埃莱娜更熟悉这套书，可是她知道一件他所不知道的事，关于酋长于莫罗和卡里诺阿人对皮特的愤怒。她一直没告诉他，也没有把发生在圣－费雷奥尔的插曲讲给他听，因为她不愿损害罗什家的形象，尤其不想让纪尧姆觉得他必须去安慰丹尼尔才行。

一次偏离让他们慢慢疏远。好几个星期，他们装作没有察觉，依然到“玉莲花”共进晚餐，然后一起回房间，在中国的江面上泛舟，然而他们并不信以为真。他们依然紧紧贴在一起睡，侧身躺成S形，可是夜里，不知不觉身体就分开了，手肘和膝盖相互抵触，似乎床突然变窄了。他们面对面醒来。

苏珊娜的生日宴会之后，埃莱娜没有在巴黎见过丹尼尔。他的百叶窗永远关着，但深夜透出灯光，埃莱娜知道他正忙着把书收尾。看到他把自己关在家里，她有点担心，虽然他的伤口只在表皮，可是应该去看看医生，至少到药店重新包扎一下。或许他不想出门，以免邻居和商贩问起。

埃莱娜已经交了关于热尔米尼－代－普雷教堂的论文，此时正处于年终考试期间，白天她在学校参加口试，晚上在阁楼房间里复习功课。她还是给丹尼尔打了一个电话询问情况，他很好，“已经不疼了，正在修改手稿，我交稿迟了，出版商催我，时间紧迫”。她没有坚持要去探望，因为不能打扰他。

考试结束，纪尧姆动身去中亚，他要在那里的一个挖掘工地上度过夏天。埃莱娜送他去鲁瓦西机场，两人都心知肚明，此次离别对他们意味着永诀，但他们仍然拥抱亲吻，仿佛很快便会重逢。她看着他的飞机起飞，消失在天际，指望遥远的距离能让分手变得更容易，可她错了。若干年后，她仍然会想念他，想起令她既感动又厌烦的幼稚行为。在成年人的世界里摸爬滚打之后，她总会认识到，每个人身上都保留了一部分童真，正如树皮包裹着树心。她会想，他们的恋情本来可以持续更长一段时间，至少不会有遗憾，她有些怀念往昔。

纪尧姆离开的那天晚上，阿尔梅达太太在院子里同一位女邻居大声交谈。她不再轻声细语，说明丹尼尔已经完成了第 24 本小说。埃莱娜想，要是他能把手稿借给她看，她会很开心，她急切地想读一读皮特最新的历险。她上楼回到自己的房间，心里空落落的，简直心慌意乱。

暮色将至，她把胳膊支在窗台上，嘴里叼了一根烟，望着屋顶上方最后几缕阳光，这时她听见丹尼尔合上窗扇。她看见百叶窗透出不寻常的光，如同即将烧坏的灯泡一般闪烁，也像将要熄灭的火焰一样跳动，仅仅几秒钟，接着一片漆黑。她思忖，丹尼尔为了完成手稿熬了这么多个夜晚，也许今天早早睡了，便不再去想。

这天夜里，她梦见自己去敲他家的门，门自动开了，她走进去，发现他在扶手椅上睡着了，长出了胡子，戴着祖父莫里斯的灰色鸭舌帽，她摇晃他，拍他，想把他弄醒，他靠在椅背上晃了晃脑袋，似乎在说"不"，却不睁开眼睛，她拿掉鸭舌帽，他的太阳穴又开始流血。她从梦中惊醒，忍不住想象各种糟糕的情形，伤口感染、血栓、颅外伤。她回想起蒂埃里的动作，心里嘀咕，丹尼尔遭受的羞辱比被石头砸破脑袋更严重，他不会一完成书稿就自杀了吧？她很自责，她本该下楼去看看他的。

通常，随着白日降临，夜晚的担忧会显得微不足道，然而这天早晨恰恰相反。埃莱娜脑海中浮现出各种场景——丹尼尔自缢在公寓的走廊上、倒在满是鲜血的书桌上、溺毙在浴缸中，她心里清楚，这些不过是电影里的情节，可她还是情不自禁地相信。她用狮子头门环扣了许久的门，又拍打院子那头的百叶窗——她正是在那里看到过闪烁的灯光。无人应门，她用手机给他打电话，隔着门听见屋里的电话铃声响起，语音留言启动。这次她什么也没问门房，她有一种直觉，假如丹尼尔真出了事，她是唯一能帮助他的人，她必须想办法进屋，但她还不想叫消防员破门。应该会有人有备用钥匙，甚至知道他在哪儿，或许是他的某个朋友，糖果商、药品杂货商、埃利·弗里希或者普罗斯珀。她想起那位伊斯兰教隐士给过她名片，丹尼尔还说别忘了这个地址，也许能派上用场。她弄丢了名片，但是记住了金滴街 36 号，因为它让人生出许许多多幻想。

街名的确令人浮想联翩，不过这条街很破败，比敖德萨街更使人沮丧。36 号是一栋漂亮的老房子，可惜已然破败不堪，一家旅行用品商店似乎无人打理。庭院深处，一扇油漆剥落的门上挂着一块白色的牌子，上面写着“马内教授，预约咨询”。没等她敲门，普罗斯珀就把门打开了，他穿着一袭淡蓝色非洲长袍，显得更加高大，“进来吧，埃莱娜，我正等你呢。”她刚想说丹尼尔失踪了，可是普罗斯珀举起双手说：“我知道。”他把她让进一个四四方方的小房间，一面墙拉着窗帘，他指了指一张沙发，自己在她对面的柳条扶手椅上坐下，闭起眼睛，沉默许久。埃莱娜受不了这样慢吞吞的节奏，她觉得他在加倍卖力地扮演神启的隐士，或者故意让她等，因为看出她忧心忡忡。他重新睁开眼睛，说她用不着担心，丹尼尔什么事都没有，只是想追根溯源。她相信普罗斯珀一定知道丹尼尔在哪里，她想把眼前的人当江湖骗子。“追根溯源”，什么意思？如果舅爷爷跑来躲在普罗斯珀家，那么他可能就藏在这个房间里，她听见有人在呼吸。见她一直盯着那边，普罗斯珀过去拉开帘子，里面有三张床，其中一张床上睡着一个年轻人：“这是我的小儿子，他上夜班。”

普罗斯珀坐在柳条扶手椅上，长长的双手搁在膝头，低声说：

“我给你讲一个我家乡卡萨芒斯[1]的古老故事吧。”埃莱娜耸耸肩，他微微一笑：“啊，年轻人，总是缺少耐心。故事不会很长，而且能帮你找到舅爷爷。在黑奴贸易的最后几年，一名朱拉族妇女连同她背上的婴儿一起被抓了。奴隶贩子带着他们俘获的黑奴，在一个村子附近停下来过夜，一些农妇送来饼和几罐水。奴隶们再次上路的时候，那名年轻女子背的不再是她的婴儿，而是一个水罐。晕晕乎乎的看守们什么也没发现。一位农妇把孩子带回了家。她和丈夫把他当作亲骨肉，抚养成人。男孩长大，有了自己的儿子、孙子、曾孙子，有时他会对别人讲起两位母亲的故事，一位母亲为了救他而抛弃了他，另一位母亲接纳了他。我就是那些曾孙子中的一个。有时，我会想起在美国的表兄弟们，虽然我可能一辈子也见不到他们。”

有一天，他把这个故事告诉了丹尼尔，丹尼尔从中汲取灵感，用在了一部小说的创作中。丹尼尔也有两位母亲，就像摩西，父

[1] 西非国家塞内加尔西南部冈比亚和几内亚比绍之间的一个地区。

母为救他而抛弃他，正因为如此，他需要时不时放弃丹尼尔·罗什的身份，重新变回丹尼尔·阿彻。此时此刻，他可能正在这么做。

普罗斯珀走到帘子后面，回来时手上拿着一把钥匙。埃莱娜站起身，不想再等下去了，她问丹尼尔是不是回家了，或者在敖德萨街。“他可能在家，”普罗斯珀说，“总之不会在敖德萨街，他从来没回过那里。”20世纪60年代末，他们的友谊诞生之初，这个街区已经到处是推土机。在敖德萨小巷，等待被推倒的小作坊纷纷变成临时剧院，可是丹尼尔拒绝让步，他想完整地保留记忆。16号即将被拆除的时候，他请求普罗斯珀回去看看能否拿些东西回来，比如阿彻照相馆的底片，它们可能还放在抽屉里。他们之前曾经翻找过垃圾堆一样的房子，在抽屉上面发现了照片。“那些人把整本整本的相册扔得到处都是，真过分。当时丹尼尔住着瓦万街6楼的小房间，不过很快，他贷款买下了底楼的公寓。当年，还用不着像克罗伊斯[1]一样富裕，就能在这个街区安家。

[1] 克罗伊斯（约前596—前546），小亚细亚的吕底亚王国的最后一位君主。在古希腊和古波斯文化中，克罗伊斯的名字已成为富人的标志。“像克罗伊斯一样富裕”形容非常有钱。

于是我就去了敖德萨街，看到一辆挖掘机正在铲除最后一面墙，一切都在履带下碾得粉碎，满眼望去，只剩下瓦砾。当我把这一切告诉我的朋友，他深受打击，我知道我结束了他一直以来的幻想，虽然他从未提起，但他幻想有朝一日搬回敖德萨街。”

普罗斯珀把钥匙递给埃莱娜："等天黑了去丹尼尔家，别去早了，一个人去，进去之后把门关上，像考古学家那样，耐心寻找，细细挖掘。丹尼尔没有失踪，也没有渡过红海，你放心大胆地开门吧，钥匙是他给我的。”

# ××××　重返敖德萨街

她等到天黑才下楼去丹尼尔家。门没有上插销，她打开门厅的灯，一眼瞥见衣钩上挂着派克大衣。屋里有一股木头燃尽的气味，或者说凉下来的烟火气。她关上门，站在门厅，却不敢进去，害怕发现点什么。一步一步，小心翼翼，从一个房间走到另一个，每到一处必得开灯，客厅、厨房，餐具洗过了，空空的洗碗槽让她莫名地担心。走进卧室，她惊跳起来，仿佛看到一个毫无生气的人躺在床上，然而仅仅是弄皱的床单勾勒出人体的形态。她又到各个房间转了一遍，四处查看，壁橱、窗帘后头，都不见丹尼尔。

可是，他应该有一个藏身之处、秘密隔间，也许是个地窖。

她仔细查看了杂物间和浴室的地面，掀起地毯、老虎皮，一无所获。卧室里有两只一模一样的棕色皮箱，一只立在门边，另一只平放在地板上，等待被装满或者清空。她尝试拎起来，箱子却纹丝不动，应该是浇筑在地上的。她打开箱子，里面空空如也，一块叠起来的花格子旅行毯盖住箱底，下面藏着一扇活板门，她拉开门，光线突然从下方射出，传来一个慢悠悠的声音，像是有人哼唱着一首没有歌词的曲子。

从开口处下去之前，她又喊了好几遍："丹尼尔！丹尼尔·阿彻！"喊声越来越响，却无人应答。她走下木楼梯，走到一半时停住了。她以为会发现一个地窖，然而完全不是，下面是第二套公寓，比底楼那套小一些，低矮一些，但家具更多，生活气息更浓郁。墙上贴着浅色的壁纸，地面整个铺着暖色的地毯。她所在的这一间很狭长，一方面用作餐厅，拥有 20 世纪 30 年代风格的全套家具，一张方桌、四把椅子、一个碗橱，另一方面用作客厅，有一张沙发、几把扶手椅、一只矮矮的书柜和一台正在转动的留声机。虽然宝石唱针发出噼啪声，但此时她听得更真切了，刚才她误以为的人声，其实是大提琴奏出的一首古老的旋律，缓慢、忧伤，如同犹太教徒的祷文。墙上挂着一个玻璃柜，陈列着收集的矿石，跟她的一模一样，似乎所有矿石丹尼尔都买了两块，一块给了她，另一块收在这里。玻璃柜上搁着一架青铜的犹太烛台。最为古怪的是，房间里到处是各种各样的灯泡、壁灯和落地灯，底座镀金的小灯泡亮着，就像过节一般。或许因为这些灯光，她并不觉得自己是闯入者，反而有一种被接纳、受欢迎的感觉，灯光使人忘记这里没有窗户，也忽略了一股龙涎香的气味，那味道有点让人头晕，可能是桌上一支燃烧的蜡烛散发出来的。

墙壁的凹陷处安了一个小小的厨房，楼梯下，帘子后面有几个很深的搁物架，摆着满满当当的粮食和各种储备物资，炼乳、罐头、洗发香波、面包干，几十包白糖堆得像砖块，依靠这些足够在围城的时候活下来。除了这些储备，公寓里找不出一件新式物品，完全是战前房屋内部细致入微的重建，就连炉灶和平底锅也是当年的样子，仿佛时光停滞。

有一扇门通往第二个房间，比第一个更小，挂着赭石色的挂毯，靠墙放了一张窄窄的床，架子上摆满旧书，还有一张带文具箱的办公桌。角落里布置了一间浴室，有一个狮子脚的浴缸，那里跟别处一样，所有灯都亮着。看到床头柜上有一台嘉资闹钟[1]，旁边放着几本泛黄的书，埃莱娜猛然醒悟，这层地下的房子跟旅行毫无关系，没有整理好的皮箱，也没有从别处带回的纪念品，没有明信片，没有旅游指南。如果说上面的公寓像来去匆匆的地方，那么下面的音乐、地毯、暖暖的灯光、古老的木家具和龙涎香浓重的气味无不唤起忧郁之感，使人生出长留此地、永不离开的欲望。到处不见丹尼尔的身影，但转动的留声机和燃烧的烛火说明他刚刚来过，他仍在附近。

房间另一头有一扇门半掩着，埃莱娜轻轻推开门，她知道丹尼尔不在里面。这是三个房间中最小的，白色的墙壁和天花板连成了唯一的拱顶，挂着数十张黑白照片，男人、女人、孩子、新婚夫妇和其他人的肖像。有些有阿彻照相馆的标记，有些则没有，

[1] 1919 年 7 月，法国人伊万·贝内尔（Ivan Benel）创立了法国钟表品牌 Jaz。“二战”后，售出了上千万台闹钟，成了法国第一钟表品牌。

但它们有共同之处，能从中认出同一把扶手椅、同一根柱子、同一块地毯，尤其是同样的姿势，身体略微倾斜，面对镜头。埃莱娜又看到了婚礼那天的科莱特和吉姆·佩尔勒瓦德，以及在第一排席地而坐、穿着罩衫的小丹尼尔，还有在纽约见过的阿彻家族的照片。所有照片都用略带别种颜色的白色亚光相纸冲洗，颗粒细腻，修得极为细致，使脸型有些过于完美。这些肖像照很可能是丹尼尔的父母拍摄并修饰的，地点就在敖德萨街的阿彻照相馆。这些面孔几乎像一家人，看得出摄影师在将他们的影像定格的瞬间，心中满怀善意。

房间正中央摆着一把栗色的皮扶手椅，似乎在邀请埃莱娜坐下，椅子腿应该是被锯掉了，椅子太矮了，坐下去的瞬间感觉如同坠落。正对着她的是一张镶了镜框的照片，比其他照片大。这是阿彻家最后一张照片，丹尼尔十岁生日那天拍的，她在玛拉·塞利格曼家见过小尺寸的。照片上的父亲很像她小时候见到的丹尼尔，母亲脸上挂着略显疲惫的微笑，穿着深色连衣裙，别着胸针，孩子的眉眼长得像母亲，杏仁眼、长睫毛，可惜女儿的脸太尖，目光过于严厉，算不上十足的美人，她褐色的鬈发用一枚发卡在侧面夹住，穿着波点长袖衬衣。弟弟穿着带纽扣的外套，笑得皱起眼角，额头上耷拉着一簇环形鬈发。他手里紧紧抓着一本书，书太小，手指几乎遮住了整个封面，不过在这张大尺寸的照片中，能辨认出“世界”两个字。放置相框的置物架上还点了三支蜡烛，摆了一排小石子。

埃莱娜对着四张脸注视了许久，寻找担忧、痛苦和不幸的预兆，却一无所获，他们神态安详，面带微笑，因为姿势和修饰照片时突出的相似性，他们更接近彼此。她越看越分不清伊萨克、丽芙卡、阿娜和丹尼尔，他们同她在镜框玻璃上映出的脸混在了一起。她知道自己已经到达了终点，不会走得更远了，就像抵达了考古挖掘工地的最后一层。她不用再追寻丹尼尔，她已经找到他了。她在敖德萨街 16 号。伴随着龙涎香的气味，忧郁的感觉愈发强烈，她浑身无力。埃莱娜坚持不住，头往后仰，靠在椅背上，坠入了梦乡。

她不知道自己睡了多久，才被远处传来的关门声惊醒。椅子太低，她不得不抓着扶手爬起来。地下室飘过一缕清风，驱散了龙涎香的气味和与之相伴的沉沉睡意。第一个房间的蜡烛熄灭了。沙发上方一幅巨大的画吸引了她的目光。刚才没有注意到，可能是因为画在楼梯边上。正是苏丁的《烛台少女》，与埃莱娜房间里的是同一幅，但是放大了尺寸，并且上了颜色。年轻姑娘身着浅黄色裙袍，站在深蓝色墙壁前，身边是一盏青铜的犹太烛台。她的身体和面庞扭曲变形，仿佛画家透过泪水看到她，然而埃莱娜认出来了，是阿娜，褐色的鬈发用一枚发卡夹在侧面，脸太尖，算不上十足的美人。她的双手隔着裙子浅色的布料，紧紧贴着双腿，投下猩红的阴影，宛如两块血迹，眼里闪着火红的光，似乎看着一场火灾。现在埃莱娜懂得了这幅肖像令人无法忍受的原因。照片上过于平滑、过度修饰的影像，用幻想与谎言自欺欺人，而苏丁画出了照片上看不到的一切。他预言了即将到来的折磨、布满瘀痕的肌肤、鲜红的伤口以及火烧云。

埃莱娜缓缓爬上木楼梯，从棕色皮箱里的活板门中钻出来。

另一只皮箱已经不在了。她没有在公寓里寻找，她知道丹尼尔已经离开。录音电话上有四条留言，其中一条是她自己的，可是她听不出自己的声音。有一条来自普罗斯珀："Allah y hafdek[1]，我的兄弟，真主保佑你，一路顺风。"另外两条是出版商的，其中最后一条是当天的："丹尼尔，别再改稿了，给我看看，肯定写得很棒。你说不是一部真正的冒险小说，太私人化，那正好，你忠实的读者会喜欢的。""我派了专递员去找你，可你没开门。我有点担心。请回个电话，丹尼尔，有要紧事。"

也许他把手稿留在了书桌上。假如她能找到的话，就成了第一位读者。可是找来找去，把成堆的纸全都翻过来也没看到。电脑里的文件全部删除了，只剩下屏幕上不断出现的行星照片，没完没了。她在摊得乱七八糟的记事本和便签本中间搜寻，希望能挖出一张草稿、几个片段，至少让她对最新出炉的这本《黑色印记》有点概念。她花了很长时间，细细查看他画的图表、图画和

[1]意为"真主保佑你"。

提纲，展开揉皱的纸团。显然，他曾犹豫不决，不知道该以第一人称还是第三人称叙述，以皮特还是丹尼尔的口吻。她在废纸篓里捡到了一张清单，列了一些划掉的书名——《皮特的童年》《阿彻家族的衰亡》《丹尼尔·阿彻的旅程》《丹尼尔的最后一本书》。

她刚进屋时闻到的焦味来自客厅的壁炉。壁炉门依旧半敞着。烧焦的小块木柴上放着一沓已经烧光的纸，她只辨认出“献给 H”几个字，后面看不清。她伸出手想去抓，可是刚一触及，稿纸就在指间化开，变成极细的灰烬。黑灰色的尘埃无比轻盈，在空中飘来荡去，散落在地板上，这便是丹尼尔的最后一本书所剩的全部。埃莱娜在壁炉前蹲了一会儿，精疲力竭，无法起身。要是早来一步，或许能挽救手稿。她艰难地站起来，倚靠着壁炉台。就在大理石台面上，在用稻草填充的短吻鳄与中国兵马俑之间，摆着一样新物件。一本不起眼的小书，跟香烟盒差不多大。封面背景是砖红色的大陆和浅绿色的海洋，映衬着书名《最小世界地图册》。她认出环衬上正是从德朗西寄出的明信片上坚定的笔迹，

“1942 年 6 月 2 日，送给我的小שלעמיל[1]，十岁生日礼物，看看这个，你就可以梦想自己在旅行，姐姐阿娜。”

挂在门厅衣钩上的派克大衣不见了。埃莱娜把《最小世界地图册》揣在口袋里带走，上楼回到了自己的房间。

她一回到家，就在灯下翻阅这本小书。有些书页上有黑色铅笔写的眉批，字迹极细，用角质手柄的古董放大镜才能看清。

在第一幅地球平面球形图上，浅蓝色的海洋被一行行眉批占据：“我讲述了许许多多故事，却从未讲过自己的，我虚构了 23 场历险，可是当我想写最后一场真实的历险，写剩下的那个人，那个默默无言、劫后余生、唯一幸免于难之人，却写不出来，记忆背叛了我，我背叛了他们的记忆，我放弃了，害怕自己无法企及那个高度，谁又能达到逝者的高度，我拿起文稿，将它们焚毁了，也许有朝一日，有人能替我写出这本书。”

[1] 意第绪语，意为“傻瓜”。

在苏联的欧洲部分的地图上，一条极小的批注如丝带一般，从黑海岸边印着敖德萨三个字的地方延伸出来："敖德萨，一位东方王子的名字，他命人在巴黎建造了富丽堂皇的浴室，点缀着碧玉和绿松石，每个星期五晚上父亲带我去那儿。"接着文字向北，绕过基辅、明斯克和斯摩棱斯克，横穿俄罗斯，消失在白海沿岸阿尔汉格尔斯克的冰原上。

德国的铁拳扎进波兰玫瑰色的躯体，卡缅斯克太小了，地图上没有标，手写标注在罗兹南部，密密麻麻的铁路网没有留下多少空隙用来写字："父亲在冲洗室用波兰语数秒，jeden，dwa，trzy，cztery[1]，因为波兰语的长度刚刚好，他和母亲、姐姐三人用意第绪语说悄悄话，他们把我当小傻瓜。"

从耶路撒冷开始，句子的探险向东方和阿拉伯半岛进发，奔

[1] 波兰语，分别为"1，2，3，4"。

跑在内志和汉志[1]干旱的沙漠里："每年，赎罪日的祈福仪式上，我们挤在父亲的祈祷披巾下，如同在帐篷里，犹太会堂的院子像缩小版的沙漠营房。"

在"人种与宗教"表格下方，在天主教徒、新教徒、犹太教徒和儒家学说拥护者下面，只有一行字："有一天，我常去的浴室门口，写着'禁止犹太人入内'。世界末日。"

表格"主要运输工具，铁路、商船"留下的空间，仅够文字潜入名称和数字之间："安妮特，我的姐姐，她什么都没有发现吗？比波勒和苏珊娜更早的姐姐，我从未与她分享一间卧房，从不知道她做过怎样的梦，阿娜，比我大七岁，聪明七倍，好好学学吧，丹尼尔，你从来都不听话，还忌妒跟随母亲而去的姐姐，甚至忌妒她的死。"

---

[1]"汉志"是指沙特西部地区沿海一带，"内志"是相对汉志而指的地名，主要是沙特中部地区。

想看法国，就得把地图册横过来，折页把法国水平切割成了两半。句子沿着海岸蜿蜒而行，在大海上画出越来越曲折的迷宫："护送我的那个女人看着报纸，却不翻页，我不知道她的真实姓名，我们坐了好几辆火车，在黑暗中徒步许久，随着时间的推移，我的恐惧渐渐增加，又慢慢消散，在一个没有月亮的黑夜，我渡过一条河，也许是谢尔河[1]，沉默的艄公静静地驾船摇桨，对岸有另一个女人，一袭黑衣，正等着我，丹尼尔·阿彻成了丹尼尔·罗什。"两页纸有些交叠，遮住了一长条的国土，里面应该有克莱蒙－费朗和昂贝尔，"利弗拉杜瓦尔[2]是世界上最安全的所在，他们永远都找不到我。"

图表"最大岛屿和最高山峰"上写满了字，密密麻麻地挤在空白处："大客车一停下，就有一个女人拎起我的皮箱，把我拉到伞下，屋子里有一位老太太，跟我说话的口气像对着一个孩子，'他淋湿了，得给他换衣服，给他一碗牛奶喝'，这位是居永奶奶，

---

[1]法国中部河流，发源自中央高原西北部。

[2]法国中央高原中心的一块菱形区域，有连绵的群山和平原。

那位是安吉勒。”更远处写着：“约瑟夫的拳头如石头一般坚硬，有时他把手放在我的脑袋上，他一直想要个儿子，继承他父亲和祖父的农场，我会是他期盼的儿子吗？”

沿着斯堪的纳维亚半岛锯齿状的海岸，在蜿蜒曲折的波罗的海上，一行字越来越紧，几乎难以辨认：“圣－费雷奥尔的冬天，男孩们往雪地上撒尿玩，我一边拉裤子拉链一边跑过去，最后一刻我改主意了，你们的游戏太蠢了，这里没人见过我赤身裸体，连安吉勒也没有，我洗澡飞快，尤其冬天，身上的污垢使我暖和。”

其他句子在大洋洲岛屿之间曲折前行：“为了看清密克罗尼西亚群岛的名字，我轻手轻脚地借来居永奶奶的眼镜，她正在扶手椅上打瞌睡，所罗门群岛，瓦努阿岛，我在珊瑚礁之间航行了几分钟，祖母，给，你的眼镜，刚才你睡着啦——没有，小傻瓜，我没睡，我只是坐着。就算打起呼噜，居永奶奶也从来不会睡着。”

从阿尔及尔到斯匹次卑尔根[1]的“平均气温”“人口最多的国家”和“使用人口最多的语言”这几个一览表里，词语艰难地开辟出一条高低起伏的险峻道路：“不知从何时起，我不再等他们回来，很长一段时间，我一直梦见父母回来了，而我却认不出他们了，或者不愿同他们一起走，他们用眼神谴责我，怪我抛下他们独自享福，我梦见了父母，却从未梦见姐姐。”

在“时区”那一页，白色的世界画着红色的线条，歪歪扭扭的几行字奔流在广袤无垠的北冰洋上，向南极汇聚，字迹越来越急促、潦草，看不清：“游荡之人，没有影子，不知何地，不知何时，没有忌日，没有祷文，不知道他们如何死去，翻来覆去想象各种死法，他们是否以为要去冲澡，手里是否还紧握着一块肥皂，想象他们终于醒悟的那一刻，只来得及背诵祷文‘以色列啊，你要听’，然后蒙住头，可是赤身裸体如何蒙头？”

[1]挪威所属的斯瓦尔巴群岛中最大的岛屿，靠近北极。

在广袤的北美平原上，句子缓了口气：“有一天我读到一则印第安人的故事，他们将逝者的遗骸裹在被褥里，随身携带，我就是一个印第安人。”在蓝色的大西洋上，沿着海岸写道：“玛拉姨妈让我承诺，在她死之前回去探望，她有话要对我说，这么多年她替姐姐活着，一定累了，等我回到纽约，她便可安然离世。”

在南美洲，句子横渡亚马孙河的支流——普鲁斯河、玛代拉河、塔帕若斯河、欣古河，开始冒险之旅，“为了讲述皮特·施莱米尔[1]的故事，我想取一个笔名，阿彻（Ascher）在希伯来语里代表‘幸福’，但是过于沉重，听上去像‘流浪的斧子（hache erre）’‘剁碎躯体（hachèrent la chair）’，而 Asch 有‘灰烬’的意思，H. R. 轻盈多了，我把一个沉重如铅的名字替换成了羽毛般轻盈的名字，桑德斯（Sanders）使人联想到沙子与灰烬，不过我也保

[1] 德国作家沙米索（Adelbert von Chamisso，1781—1838）的小说《失去影子的人：皮特·施莱米尔的奇幻故事》中的主人公。皮特·阿什利－米尔的名字就是参照皮特·施莱米尔所取。后者穿着七里靴不断旅行。

留了救命恩人罗什(Roche)一家的姓氏，roch在希伯来语里是‘头’的意思，我同时是躯体、头和灰烬。”

索引下方有一块空白，细心抄录了《但以理书》中的几行经文：

但以理和他的同伴都在被杀之列

凡名字记在册子上的

他们都被绑起来，扔进烈焰熊熊的火窑

被风吹散，无处可寻

但以理从坑中被拉了上来

身上毫无损伤

小地图册最后的空白页上，密密麻麻写着几行字：“阿娜，今晚是多年以来，我第一次梦见你，你睡在客厅沙发上，就像星期天的早晨，我正要叫醒你，跟你开个玩笑，而你骂我是小傻瓜，可是这回，你没有训斥我，你站起身，如同我最后一次见到你的样子，说：‘我很快乐，快乐至极。’我对你说：‘这么说你还活着，我还以为……’‘你以为什么，小傻瓜，我在楼上的房间，你把我的头发搞乱了，你哪来这么多白头发，小 schlemihl[1]，你才 10 岁。’我小声说：‘这是一位老祖父的头发。’很久以前，我的灵魂知己为我秘密诞下一子，儿子又生了两个孩子，他的女儿长得很像你，也有一双你那样的眼睛，阿娜，你可以安息了，有朝一日，我们的子子孙孙将宛如天上繁星，不计其数。”

[1] 意第绪语，意为“傻瓜”。

# 尾 声　2012年7月16日

她从来没有注意过这盒磁带，跟其他磁带放在一起，只标注了日期，“2000 年 6 月 11 日”。她把磁带塞进录像机，12 年前的影像突然出现在荧幕上，完好如初。父亲在笑，额头刚开始变秃，几个堂兄弟张着双臂，走在一段树干上，母亲和波勒在厨房里，苏珊娜和所有其他人，还有举着托盘、在镜头前吐舌头的她本人，他们都那么年轻。宾客举起酒杯，女人们给自己扇着风，有人在喊“安托万，拍这儿”，出现了蛋糕的特写镜头。他们唱着《樱桃时节》，摄像机扫视了一圈餐桌，朝大门移动，定格在丹尼尔身上，他也在唱“永远无法抚慰我的创伤”。

接着，镜头转向屋后，移到花园尽头，穿浅蓝色短袖衬衫的丹尼尔和穿花裙子的苏珊娜站在苹果树的树荫底下，丹尼尔没有缠绷带，这是在蒂埃里和他发生争执之前拍的。画面朝他们推进，但是不稳定，看不清面部轮廓，距离太远，听不清他们在说什么，丹尼尔一只手搁在苏珊娜的肩膀上，她摇了摇头，摸了摸他的脸颊，从颤动的肩膀看，她似乎在哭泣，他又朝她挨近了一些，她张开了双臂，录像戛然而止。

埃莱娜把这个场景回放了一遍，试图看清他们的脸，弄清苏珊娜在丹尼尔过去找她之前是否已经在哭了，但她被别的事惊呆了，她永远不该看到这些。她观察了一遍又一遍，这些抖动的画面，果园的树荫底下静静的侧影，两个身体彼此靠近，像突然停住的舞步，悬而未定。

她关掉电视机，靠在扶手椅上，客厅里唯一的扶手椅。12 年来，丝毫未曾改变，老虎掉光了最后几根毛，壁炉上的短吻鳄褪去了光泽，缝住嘴唇的希瓦罗人头上蒙了薄薄的灰尘，丹尼尔的公寓跟从前一样，到处堆满书籍、地球仪和报纸。有一天他旅行归来——如果还回来的话——会发现屋子依旧凌乱，跟他离开时一模一样。

70 岁那年夏天，苏珊娜第一次坐飞机，为的是去圣劳伦斯河河口听一听鲸鱼的歌声。她给埃莱娜寄了一张明信片，信末附言："以邮戳为证。"从那以后，她四处旅行，去了纽约、维罗纳[1]、耶路撒冷，拍了许多美丽的照片，每次她都不忘寄一张明信片。埃莱娜知道，苏珊娜并没有告诉她全部，她知道苏珊娜每次都跟谁在旅行的终点约会，可她并不怪她保守最后的秘密。

12 年里，她也拜访了许多遥远的国度，在挖掘工地工作，发掘了堆成山的遗骨，特别是把成千上万块拜占庭镶嵌画的大理石重新拼接粘好，这是她的专长。她保存着丹尼尔公寓的钥匙，偶尔进来待几个小时，所有人都以为她出差了。她下到地下室，在挂着照片、有拱顶的那个房间，坐在低矮的扶手椅上，有时甚至

[1] 意大利北部城市。

睡在那儿。

可是今天，看过录像带，她待在客厅里。尘埃在灯下飞舞。烧毁的手稿极细的碎片一定混在其中。她以为手稿消失了，可她错了。它一直都在，飘荡在空气里，只要吹一口气，就会旋转，闪烁在灯光下。

埃莱娜在书桌前坐下。用手摇削笔器削铅笔，直到笔尖细得像鱼叉尖。她翻开一本空白本子，胳膊支在一堆书、地图和记事本中央，指间的铅笔奔跑在纸的白色海洋上，开始书写丹尼尔·阿彻的故事。

# 附录：《黑色印记》系列丛书

1.《亚马孙河的摆渡人》

2.《特兰西瓦尼亚之路》

3.《穆鲁罗亚环礁的武士》

4.《露西姨妈的小屋》

5.《马达加斯加的钻石》

6.《孟买的幽禁者》

7.《尼格斯的继承者们》

8.《奥里诺科河上的恐惧》

9.《美洲或死亡》

10.《马丘比丘的诅咒》

11.《泰加森林的三只老虎》

12.《牛奶、蜂蜜和火药》

13.《一捧珍珠》

14.《拉合尔血迹斑斑的地毯》

15.《婆罗洲的黑色眼镜蛇》

16.《卡萨芒斯之蜜》

17.《曼谷的灵魂贩子》

18.《缅甸被遗忘者》

19.《赫努塔奈布的圣甲虫》

20.《直布罗陀的呼唤》

21.《索韦托之约》

22.《西安兵马俑》

23.《逃亡者花园盗窃案》

# 致谢

全体人员参与了这部小说处女作的冒险之旅，帮助它确立方向，扬帆起航。尤其要感谢以下诸位：

感谢杰罗姆陪伴我穿越狂风巨浪，感谢埃米尔用敏捷而巧妙的回答启发了我，感谢伊莱娜从一开始就对丹尼尔的故事充满信心，感谢乔治细腻的点评和叙事的天赋，感谢大卫的洞察力和渊博的学识，感谢苏珊娜专业的审阅和宝贵的建议，感谢露丝源源不断的灵感启迪了本书的创作，感谢弗朗克，没有他，本书将遭遇与丹尼尔的手稿相同的结局，感谢玛丽和米歇尔的热情以及对奥弗涅的了解，感谢卡洛琳娜无懈可击、始终如一、胆量十足的支持，感谢卡特琳娜卓越的眼光和敏锐的直觉，感谢帕斯卡所有的鼓励和宝贵意见，感谢亚历山大作为历史学家的精确审阅，感谢艾米丽的信任、参与和耐心，感谢所有其他人，在此我无法一一列举，但他们的功劳显而易见。

FONGHONG
凤凰联动出品